Jonas Eika

Nach der Sonne

*Jonas Eika,* 1991 in Aarhus geboren, besuchte die renommierte Autorenschule Forfatterskolen in Kopenhagen. ›Nach der Sonne‹ erhielt u. a. den Literaturpreis des Nordischen Rates (2019), stand auf der Shortlist für den Internationalen Literaturpreis (2021) und wurde außerdem für den International Booker Prize nominiert (2022).

*Ursel Allenstein,* 1978 in Frankfurt am Main geboren, übersetzt Literatur aus dem Dänischen, Schwedischen und Norwegischen. Neben weiteren Stipendien und Förderpreisen erhielt sie 2019 den Jane-Scatcherd-Preis der Heinrich Maria Ledig-Rowohlt-Stiftung.

Jonas Eika

# Nach der Sonne

Erzählungen

Aus dem Dänischen
von Ursel Allenstein

Die Originalausgabe wurde für die deutsche Fassung
in Zusammenarbeit mit dem Autor
vollständig durchgesehen.

Der Verlag dankt dem dänischen Kunstfonds
für die Förderung der Übersetzung.

2023 dtv Verlagsgesellschaft mbH & Co. KG, München
Lizenzausgabe mit Genehmigung von Hanser Berlin in der
Carl Hanser Verlag GmbH & Co. KG, München.
© 2020 Hanser Berlin
Die dänische Originalausgabe erschien 2018 unter dem Titel
›Efter Solen‹ bei Basilisk in Kopenhagen.
© Jonas Eika 2018
Umschlaggestaltung: dtv nach einem Entwurf
von Anzinger und Rasp, München
Umschlagmotiv: Kris Knight ›Wicked Shade‹ 2014
Satz: C.H.Beck.Media.Solutions, Nördlingen
Satz nach einer Vorlage von Hanser Berlin
Druck und Bindung: Druckerei C. H. Beck, Nördlingen
Printed in Germany · ISBN 978-3-423-14841-2

# Inhalt

# Alvin

Ich erreichte Kopenhagen verschwitzt und halbwegs neben mir stehend nach einem äußerst fiktiven Flug. Strenggenommen würde ich jede Flugreise fiktiv nennen, aber diesmal war ich obendrein kurz nach dem Start in einen fiebrigen Dämmerschlaf versunken, in dem ich eine Reihe von Flügen, die ich früher unternommen hatte, noch einmal durchlebte. Zunächst die Heimreise von Nepal mit meiner Exfrau, damals noch Freundin, nach unserem ersten gemeinsamen Urlaub, als wir in unseren Sitzen lümmelten und – wahrscheinlich aus Langeweile – pantomimisch verschiedene sexuelle Szenarien darstellten, die der andere erraten und auf ein Blatt Papier schreiben musste, welches wir anschließend auseinanderschnitten und zu immer neuen Szenarien zusammensetzten, die abermals gemimt werden mussten, und so ging das Spiel ewig weiter. Dann meine Abreise aus Kopenhagen sechs Jahre darauf, nachdem sie in derselben Zeit schwanger geworden war, in der sie mich mit einem Kollegen betrogen hatte, und ich aus lauter Sorge und Panik über meine Eifersucht – mit der zu leben mir ebenso unmöglich schien, wenn das Kind von mir wäre, wie, wenn nicht – meine Sachen packte, zum Flughafen fuhr und zum Mann hinter dem Schalter »Malaga« sagte. Aus irgendeinem Grund hatte ich Malaga gesagt. Außerdem durchlebte ich ein zweites Mal den Rückflug von einer Geschäftsreise weitere Jahre später, als ich weder arbeiten noch ein Wort über die Lippen hatte bringen können, weil ich völlig gelähmt davon gewesen war, was ich beim Start von meinem Fenster aus beobachtet hatte: An die Gates grenzte eine Besucherterrasse, wo Kinder jeden Alters mit ihren Eltern zusahen, wie die Flugzeuge abhoben. In der einen Ecke stand eine Frau mit dem Rücken zum Geländer, langes, dunkles Haar in der Frostsonne, und blickte zu dem Mann, der quer über die Terrasse auf sie zurannte, und während wir an ihnen vorbeiflogen, sackte er plötzlich wie von einer Kugel getroffen zu Boden. Ich hatte den Schuss nicht hören können, falls überhaupt einer abgefeuert worden war, und die Maschine stieg weiter in die Wolken auf, mit mir, der die restliche Flugzeit über erstarrt auf seinem Platz saß und zweifelte, was er überhaupt gesehen hatte. Das Unbehagliche, Fiebrige an jenem Dämmerzustand, in dem ich all diese Reisen noch einmal erlebte, bestand darin, dass er wie ein Tiefdruckgebiet direkt unter der Oberfläche des eigentlichen Schlafs dahinschwebte, in einer Zone, in der ich auch die *eigentliche* Flugreise, auf der ich mich gerade befand, flüchtig wahrnahm, sie lag irgendwo darunter oder dahinter verborgen, *die Kabine, der Serviertrolley, meine Mitreisenden, die Wolken vor den Fenstern;* all das schwelte unter den vorherigen, von mir erinnerten und auch deshalb äußerst fiktiven Flugreisen. Ich spürte eine Hand auf meiner Schulter, schlug die Augen auf und erblickte einen Stewart mit nur einem Gesicht. Alle anderen Passagiere hatten das Flugzeug verlassen, die Kabine war still und leer wie in einem Traum. Während ich hinausging, betrachtete ich die Fenster und den Fußboden, die Gepäckfächer und die Notausgangsschilder, ich berührte die dicken Nähte im Leder der Sitze. An der Passkontrolle gelangte ich zügig durch den Schalter für EU-Bürger. Ich nahm die Metro zum Kongens Nytorv und eilte von dort zum Hauptsitz der Bank, um pünktlich zu meiner für denselben Nachmittag angesetzten ersten Besprechung mit der Systemadministratorin zu kommen.

Schon als ich um die Ecke bog, nahm ich einen modrigen, verbrannten Geruch wahr, eine Mischung aus Pflanzen und Feuer, und nachdem ich das rotweiße Absperrband entdeckt hatte, beschleunigte ich meine Schritte. Das Gebäude war eingestürzt, lag überall verstreut in meterhohen Brocken aus Marmor, Stahl, hellem Holz, Büromöbeln und anderen Materialien, die ich nicht zuordnen konnte. Unter den äußeren Trümmern erahnte ich den Rand eines Kraters, an dem die Erde steil in sich einsank, so wie die Lippen alter Menschen mitunter im Gesicht einsinken. Zwischen den Dielenbrettern ragten drei oder vier Server hervor, beinahe lustig, dachte ich – hatte man doch gerade zum Schutz vor den steigenden Wasserpegeln die Böden angehoben. Der Mann vom Wachdienst erzählte mir, die Ursache für das Unglück sei unbekannt, aufgrund eines Stromausfalls und einer Erschütterung, die fast die ganze Straße geweckt hätte, vermute man jedoch, dass irgendeine Explosion in der Versorgungsleitung jenen Krater gerissen habe, in dem das Gebäude nun versackt war. Es sei nachts geschehen, keine Opfer. Während er sprach, flackerte sein Blick, als würde er irgendetwas in meinem Rücken beobachten. Hinter seinem Kopf hing ein Schwarm Insekten und färbte den Himmel über den Trümmern schwarz. Ich versuchte meine Kontaktperson in der Bank zu erreichen, wurde aber sofort mit der Mailbox verbunden, worauf ich das erstbeste Café betrat und mich an den länglichen Tisch im Fenster setzte. Als ich gerade mein Chili con Carne aß, ging die Tür auf, und meine linke Gesichtshälfte wurde von einem kalten Windhauch gestreift. Ein Mensch kam zu mir und setzte sich neben mich, ich blickte von meinem Chili auf und zu seinem Spiegelbild in der Scheibe: ein junger Mann Mitte zwanzig, kurzes, dunkles Haar, Seitenscheitel, Geheimratsecken, eine schlichte, randlose runde Brille. Ich konnte durch ihn hindurch auf die Straße sehen, seine Haut war auf eine sehr luftige Weise blass. »Hey du!«, grüßte er und bestellte das Gleiche wie ich. Mein Kaffeebecher war so groß, dass ich ihn mit beiden Händen greifen musste. Ein Dunst von Bistro-Burgern erfüllte den Raum, als die Küchentür aufging, und wurde in meinem Nacken zu Schweiß. »Wo bist du her?«, fragte der Jüngling plötzlich. »Äh, von hier«, antwortete ich und blickte an mir selbst herab, »aber ich habe ein paar Jahre im Ausland gelebt … Woran erkennt man das?« »Deine Klamotten, dein Koffer, deine Brille«, sagte er. »Alles eigentlich, deine gesamte Erscheinung. Du bist nicht von hier.« »Ich glaube, ich habe dich schon mal gesehen«, erwiderte ich und bereute es sofort, versuchte zu erklären, dass ich nicht *ihn* gemeint hatte, sondern sein Spiegelbild in der Scheibe, die Art und Weise, wie ich ihn sah und durch ihn hindurchsah. Er roch nach Eukalyptus und irgendeiner anderen Pflanze. Eine Gruppe von Gästen verließ das Café, dann war es leer, so leer wie das Flugzeug, als mich der Steward geweckt hatte, nur dass hier inzwischen auch der Kellner verschwunden war und in der Küche ebenfalls Stille herrschte. »Ich geh eine rauchen«, sagte der Jüngling und stand auf. »Darf ich eine schnorren?«, fragte ich, obwohl ich nie geraucht hatte. Er nahm seine Jacke vom Haken und sagte »In Ordnung«, und mir wurde klar, dass es ihn nur hinauszog, weil es hier so verdammt still war und er sicher lieber allein gewesen wäre. »Ein bisschen Rauch tut gut bei der Kälte«, sagte ich. Er nickte und sah mich an, sein Gesicht leuchtete bläulich weiß in der Frostsonne. Ich betrachtete unsere Beine in der Scheibe und zog mein Handy hervor, um nach einem Hotel zu suchen. Eigentlich hätte ich in der Gästewohnung der Bank unterkommen sollen, das heißt in einem der Räume, die jetzt zwischen anderen Räumen versprengt lagen. »Wo wirst du heute Nacht schlafen?«, fragte er. »Ähm …« Ich wollte schon »bei einem Freund« sagen, aber das konnte peinlich werden, wenn er mich nach der Adresse fragte, und Hotels wollte mein Kopf auch gerade nicht hergeben. »Weiß noch nicht.« »Du kannst bei mir übernachten, es ist alles ausgebucht wegen dieses Gipfeltreffens.« Neutraler Blick, seine blanken Augen in der kalten Luft erinnerten an Schraubenmuttern. Ich sah auf mein Telefon. »Du brauchst nicht nachgucken, es stimmt.« Er wohnte in einem Dachzimmer in einer Seitenstraße der Bredgade. Ein Raum ohne Stuck und Leisten, nur scharfe Übergänge zwischen den Flächen, genau wie in seinem Gesicht, wenn die Beleuchtung gedämpft war. Das Licht strahlte aus einer Stehlampe, die nach oben zeigte, sodass die Decke von einer Sonnenscheibe ausgefüllt war; mit zwei Augen von den Glühdrähten in der Mitte. Es gab eine Duschkabine, ein Waschbecken aus Stahl, einen Kühlschrank und zwei mobile Kochplatten, ein Doppelbett, zwei Stühle und eine Schreibtischplatte auf Böcken. Das schmale Fenster war ringsherum mit einer Masse abgedichtet, die einen helleren Ton hatte als das gelbliche Weiß der Wände. Beide Enden des Zimmers waren frei von Möbeln, eine Wand jedoch von einem farbenprächtigen Flickenteppich aus Verpackungen bedeckt: Süßigkeiten- und Chipstüten, Frühstücksflockenkartons, Papier und Plastik von Lollis, Kaugummis, Snackwürstchen und Erfrischungsgetränken, allesamt Marken, die ich noch nicht gesehen hatte, als stammten sie aus einer Parallelwelt, in der jedes Produkt ein bisschen anders war als seine Entsprechung bei uns, sodass man es beispielsweise als Schokoriegel wiedererkennen konnte, aber gleichzeitig spürte, dass dieses Wort nicht ausreichte für etwas, das man so eindeutig zum ersten Mal sah. Und sie strahlte, die Wand, in Farben, wie ich sie nie zuvor erlebt hatte. »Souvenirs«, erklärte

Alvin, denn so hieß er, und hängte seine Jacke über einen Stuhl. Ich tat es ihm gleich. »Schön warm hier«, bemerkte er, zog seine Strümpfe aus und legte sie auf die Heizung; schwerer, süßlicher Geruch von Winterfüßen. Als ich zur hinteren Wand aufsah, erblickte ich eine kleine, metallische Flasche mit einem Trinkaufsatz aus weichem Plastik. Sie war mit einem unsichtbaren Faden an dem Stoff festgenäht, der die vielen Verpackungen in einem bunten Gestrüpp festhielt. Der matte und unpersönliche Gegenstand – in neutralem Blau gehalten mit einer weißen, wellenförmigen Linie –, dessen einziger Zweck es war, einen Softdrink namens *POCARI SWEAT* zu enthalten und dann geleert zu werden, schimmerte plötzlich mit einem ungeheuer aufreizenden Glanz vor meinen Augen. Ich musste blinzeln und fühlte mich erschöpft wie nach einer Krankheit. »Ich glaube, ich hau mich kurz aufs Ohr, wenn das für dich in Ordnung ist?« »Fühl dich wie zu Hause«, antwortete Alvin. Ich erwachte aus einem Albtraum, in dem mich eine schwebende Hand geohrfeigt hatte, während der restliche Körper vom Ellbogen abwärts in weißem Nebel oder Rauch verschwunden war, und hörte Alvin duschen. Der Vorhang klebte an seinen Beinen, die dünn und zerbrechlich aussahen, hähnchenhafte Stöcker. Hoffentlich rechnet er nicht mit einer Gegenleistung, dachte ich, ehe mir aufging, dass er sich einfach nur benahm wie sonst auch, wenn ich nicht da war. Das wirkte beruhigend, wie eine beiläufige Selbstentblößung, mit der er sagen wollte: »Ich habe keine Angst vor dir«; und deshalb brauchte ich auch keine Angst vor ihm zu haben. Es duftete nach Eukalyptus. Alvin war leise, nur am Geräusch des Wassers zu hören, das seinen Körper traf, ehe es zu Boden spritzte. Aus Höflichkeit drehte ich mich weg, als er aus dem Bad kam, stellte mich schlafend und wartete noch weitere zehn Minuten, ehe ich gähnte und sagte: »Herrlich, so ein Nickerchen.« »Geh doch duschen. Wenn du Lust hast«, schlug er vor, und ich tat es. Anschließend, Alvin saß mit dem Rücken zu mir rauchend am Schreibtisch, zog ich mich an und wollte hinausgehen, doch dann fiel mir auf, dass es schon drei Uhr nachts war. Noch immer kein Anruf von der Bank. Alvin bot mir eine Kippe an. Ich setzte mich auf den Stuhl neben seinen und rauchte. Was auf dem Bildschirm ablief, erinnerte mich stark an die interne Applikation, bei deren Einführung ich die Bank eigentlich unterstützen sollte. Wenn ein so großes Unternehmen diese Art von Software erwarb, kaufte es zwangsläufig auch die Implementierung dazu, was bedeutete, dass ich insgesamt vier Mal von Malaga nach Kopenhagen reisen musste; dies war das vierte Mal. Im Grunde mochte ich diese Geschäftsreisen, obwohl sie mit einem Gefühl von Zufälligkeit einhergingen, dem Gefühl, die Gebäude und Menschen und Fahrzeuge um mich herum könnten genauso gut andere sein. Genau wie es bloßer Zufall war, dass es mich nach Malaga verschlagen hatte, wo es eine Softwarefirma gab, deren Programme von den meisten skandinavischen Finanzunternehmen für wahnsinnig kompatibel mit ihrer internen Struktur befunden wurden, weshalb ich, der Dänisch sprach und sich auch auf Schwedisch und Norwegisch verständigen konnte, ohne besondere fachliche Qualifikationen eine Stelle als Implementierungsberater erhalten hatte. Die Willkürlichkeit all jener Voraussetzungen, die mich nach Kopenhagen oder Bergen oder Uppsala führten, schien meine Wahrnehmung dieser Städte in einer Weise zu beeinflussen, als wäre ich gar nicht da. Mitunter wirkte mein ganzes Berufsleben wie ein einziger großer Zufall oder eine Gesetzmäßigkeit in einem Netz aus Verbindungen, die nicht meine eigenen waren, sondern die des Marktes, des Marktes für Internal

Banking Operation Systems. Alvin klickte zwischen Reitern mit verschiedenen Summen hin und her, einige davon waren recht ansehnlich, andere geradezu schwindelerregend, dahinter standen Identifikationsnummern, die auf wieder andere Nummern verwiesen, und der Bildschirm verlieh seiner Stirn einen silbrigen Glanz. »Aktien?«, sagte ich, »lebst du davon? Ich installiere Softwaresysteme für Investmentfonds, aber ich habe selbst nie genug durchgeblickt, um …« »Derivate«, korrigierte Alvin. »Ich rate nicht, was die Zukunft bringt, ich handle mit ihr.« »Anleihen?«, fragte ich. »Oje, wir müssen wohl beim Landwirt anfangen«, antwortete er seufzend und erzählte mir von Derivaten, jenen Mechanismen, die ich heute längst als eine Bedingung der Märkte akzeptiert habe; damals aber sprengten sie fast mein Gehirn und ließen mir das Blut aus der Nase schießen. *Der Landwirt*, der mit einem Käufer vereinbarte, diesem zu einem bestimmten Zeitpunkt in der Zukunft und zu einem im Voraus festgelegten Preis seine nächste Ernte abzutreten, war das klassische Beispiel für jemanden, der mit Derivaten handelte. Auf diese Weise sicherte er sich wirtschaftlich gegen Preisschwankungen und unsichere Wetterverhältnisse ab. Umgekehrt konnte der Käufer Gewinne machen, falls sich herausstellte, dass der Ertrag mehr wert war als der vereinbarte Preis. Vor 1970 war der Handel mit Derivaten weitgehend verboten gewesen, man hatte ihn als Glücksspiel eingestuft, doch jetzt, in dem Jahr, als ich Alvin traf, überstieg der Anteil des derivativen Kapitals bei weitem jenes, das aus der Produktion und dem Verkauf von Waren und Dienstleistungen sowie Aktien stammte. Denn die Derivate repräsentierten nicht mehr nur den künftigen Wert eines Sacks Reis oder einer Tonne Mehl, sondern alles Mögliche: Rohstoffpreise, Unterschiede von Zins- und Devisenkursen, die Kreditwürdigkeit ganzer

Konzerne oder Nationen, selbstverständlich alles in der Zukunft. Und sie wurden verlinkt und ineinander verschachtelt und in großen Bündeln weiterverkauft, »Zukunft auf Zukunft«, sagte Alvin und hielt mir die Küchenrolle vor die blutende Nase. »Vergiss die Kräfte des freien Marktes, mein Freund. Die Warenpreise beziehen sich nicht mehr auf irgendeinen Wert in der Vergangenheit oder Gegenwart, sie sind vor allem ein Gespenst der Zukunft.« Gegen Morgen, als das Fenster beschlagen war und Alvin mit seinem Computer auf dem Bauch schlummerte, wusste ich, dass seine Worte wahr waren. Nach einer halben Stunde hatten wir die Plätze getauscht, und ich durfte klicken, während er mir sagte, worauf. Ich weiß nicht, ob es am Widerstand der Maus lag, ihrer glatten, ein wenig fettigen Oberfläche, oder an den Summen, die transferiert wurden, verschwanden und wieder auftauchten, untrennbar von ihren ID-Nummern, im Takt meiner Klicks, oder daran, dass wir zusammen dort saßen und es eigentlich ziemlich gemütlich hatten; Alvin wärmte eine Currysuppe auf und holte neue Zigaretten, und einmal lachten wir, weil ich versehentlich das Recht erworben hatte, in ein paar Monaten eine Produktion von mehreren Millionen Hühnern in Jerusalem zu kaufen – jedenfalls fühlte ich mich im Derivategeschäft wie zu Hause, als hätte es nur auf mich gewartet und ich auf es. Wir nahmen den Laptop mit ins Bett und betrieben auf Alvins Bauch weiter Handel. Er erzählte mir – mit dieser neutralen Stimme, mit der er auch alles andere aussprach, den Blick auf den Bildschirm gerichtet –, dass er Waise war, aber eine große Summe geerbt hatte, die er durch Aktienhandel so hatte vermehren können, dass er eines Tages in jenen Derivatehandel einsteigen konnte, bei dem man den betreffenden Gegenstand am Ende nie aktiv erwarb, sondern vor dem Transaktionsdatum die Vereinbarung weiterverkaufte. Dann murmelte er etwas von einem Vormund und davon, »ohne Bindungen zu handeln«, ehe er einschlief. Ich lag neben ihm im blassen Tageslicht, so freudig und angespannt wie damals, als meine Mutter mit meinem kleinen Bruder in Elternzeit war und ich auf ihn aufpassen durfte, wenn sie morgens duschte. Während ich auf die Ellenbogen gestützt lag, das Gesicht nur ein paar Zentimeter von seinem entfernt, hielt ich die Luft an, um zu hören, wie er sie einatmete, ständig besorgt, er könnte damit aufhören, wenn ich für einen Moment nicht aufpasste, und jedes Mal glücklich, wenn er es wieder tat. Vorher hatte ich all seine Teddybären Pfote an Pfote im Kreis um uns herum aufgebaut, damit sie bereitstanden, wenn er erwachte. Jetzt konnte ich nicht schlafen, aber das machte nichts, ich hatte auch nichts dagegen, einfach nur dazuliegen und die Zuckungen in Alvins Gesicht zu beobachten, die Konturen eines Traums, die unter seinen Augenlidern zitterten. Seine dünne Haut bedeckte die Augäpfel auf eine Weise, die sie zugleich entblößte, und ich dachte, dass wir immer in dem fernen Bewusstsein schliefen, jemand könnte uns betrachten. Irgendwann drehte er sich um und schwang dabei unwillkürlich sein Bein über meinen Schritt, und ich bekam eine vollkommen überraschende Erektion. Ich schwöre, dass ich weder sexuell erregt war noch irgendwelche derartigen Phantasien mit Alvin gehabt hatte – er war lediglich auf eine kalte, statuenhafte Art gutaussehend –, mein Penis hob sich aus einem reinen Reflex heraus, unabhängig davon, was hinter der Berührung steckte oder mit ihr assoziiert werden konnte. Erst am Nachmittag wurden wir wieder wach und gingen hinaus, um etwas zu essen. Unterwegs rauchten wir eine Zigarette, und meine belegte Kehle begrüßte mich wie ein alter Freund. Die Autos stauten sich auf der Store Kongensgade und stießen ruhige, weiße Abgase aus. Die Fahrradfahrer froren im Gesicht. Es waren die üblichen Baustellen; Alvin wurde für einige Sekunden vom Staub der sandigen Gruben verhüllt. Im Bistro bestellte er fünf Mal das Sekretärsbrunch mit einem Glas Orangensaft und ließ es gleichzeitig servieren. Zehn Minuten lang betrachtete er einen Teller nach dem anderen, als würde er versuchen, jede Facette des Aufschnitts, des Joghurts und der Eier zu erfassen. In seinem Blick lag eine Aufmerksamkeit, die allmählich in Skepsis, ja fast schon Gekränktheit umschlug. Alle zwei Minuten schob er entschieden ein Brunch zur Seite, bis er schließlich nur noch eines vor sich hatte, das er aß, ohne die anderen weiter zu beachten. »Daran kannst du dich gleich gewöhnen«, sagte er und erklärte, dies sei die einzige Möglichkeit, wie er satt werde. Dabei gehe es nicht so sehr darum, eine Auswahl zu treffen, auch nicht darum, etwas auszusortieren, am Überfluss sei er nicht interessiert. Aber den Gedanken, dass es Hunderte Brunchteller wie diesen gebe, könne er nicht ertragen, deshalb bestelle er immer fünf; fünf Exemplare von allem. So könne er sich wenigstens einbilden, er würde das Angebot einschränken, um sich schließlich gegen die vier unwirklichsten zu entscheiden und »das eigentliche Brunch von seinen Kopien zu trennen«, wie er sagte. Ich fand das lächerlich. Alvin holte sein Handy hervor und zeigte mir Aufnahmen von sich hinter verschiedenen Fastfood-Menüs auf glänzenden Plastiktischen. Er war kränklich blass, wie es Menschen auf Fotos aus den Achtzigern oft sind. »Das bin ich im KFC, als die gerade in Dänemark eröffnet hatten … ich im ersten Burger King, hast du gehört, dass sie McDonald's vorgeschlagen haben, den Whopper mit dem BigMac zu fusionieren, im Namen des Weltfriedens … Hier sitze ich im Subway … Domino's … in der Bagel Company, als 94 die erste Filiale in der Gothersgade aufmachte. Ich schwöre, als ich diese Sachen zum ersten Mal probiert habe, waren sie, wie soll ich sagen, einzigartig. Als würde ich das und nur das schmecken und nichts anderes. Beim ersten Mal mache ich auch immer Fotos.« Die Bilder waren unverkennbar von einer anderen Person aufgenommen worden. Ich wurde seltsam traurig bei der Vorstellung, wie Alvin zum Tresen ging und darum bat, fotografiert zu werden, und wie der Mitarbeiter, weil zu dieser Zeit keine anderen Kunden im Laden waren, höflich mit ihm zum Tisch ging und ihm seinen Wunsch erfüllte. Alvin sah auf allen Bildern so allein und glücklich aus. Als wir bezahlen wollten, funktionierte meine Karte nicht mehr, obwohl ich sie sonst auch immer benutzte, wenn ich auf Geschäftsreise in Dänemark war oder meinen kleinen Bruder besuchte. Ich musste oft an meine Exfrau denken, die noch immer hier wohnte. Wie es sein würde, sie wiederzutreffen, jetzt, da die Eifersucht, die meine Sehnsucht nach ihr in den ersten Monaten in Malaga vollkommen blockiert hatte, verflogen war. Das war das Schlimmste an ihrer Untreue: Wie der Zorn und die Ohnmacht und all die anderen niederen Gefühle jede Erinnerung an sie in einer Wolke aus pornographischen Bildern aufgelöst hatten, und als die Bilder endlich weiterzogen, war es, als wäre sie tot. Während Alvin die Rechnung übernahm, rannte ich zu unserem Tisch zurück und schlang das Ei und ein bisschen Pastrami von einem seiner ausrangierten Teller in mich hinein. Als wir wieder in seiner Wohnung waren, fragte er, ob ich nicht ein bisschen Geld für meine Ausgaben haben wolle, da mein Kreditkartenkonto doch anscheinend im Erdboden versunken war. Ich lehnte dankend ab, es sei schon großzügig genug, dass ich bei ihm übernachten dürfe. »Das ist kein Almosen«, sagte er. »Ich glaube, wir können einander helfen. Ich hatte vor, mich heute Nacht ein bisschen mit Silber zu beschäftigen.« Zwei

Stunden später hatte ich für die monströse Summe, die er mir auf mein spanisches Konto überwiesen hatte, Silber erstanden. Daraufhin schloss er einen Vertrag darüber ab, später eine so große Menge an Silber zu kaufen, dass der Preis meines Silbers im Laufe der nächsten vierundzwanzig Stunden um mehr als 30 Prozent stieg. Das animierte viele andere Anleger dazu, in Silber zu investieren, was wiederum den Wert von Alvins Derivat steigerte, und als er es zwei Tage später weiterverkaufte, hatten wir beide einen Monatslohn verdient oder jedenfalls das, was meinem Monatslohn entsprach. In der Nacht davor hatten wir denselben Prozess mit einem anderen Vermögenswert und dem davon abgeleiteten Derivat in Gang gesetzt, und so lief es die ganze Woche weiter, die Prozesse gingen ineinander über, und die Nächte verschwammen im Zigarettenrauch und im Licht unserer Bildschirme. Es wirkte fast zärtlich, wie er den Bildschirm mit beiden Händen umfasste und ihm in die Augen sah, wenn ein entscheidender Deal bevorstand, und dann: kein Jubel, nur ein kurzes Nicken, wenn es geklappt hatte. Aber auch seine weniger bedeutenden Bewegungen prägten sich mir tief ein, Bewegungen, die mit den Fluchtlinien des Inventars harmonierten oder eine Verlängerung selbiger darstellten: sein trippelnder rechter Fuß am Bein des Bürostuhls; seine rechte Hand, die auf der Maus ruhte; sein Unterarm parallel zur Tischplatte und zur Rückwand; wie er durch den Raum ging, behutsam und andächtig, als würde er einen vollen Teller Suppe tragen, was er auch oft tat, um ihn mir zu servieren und mir dann etwas Neues über den Derivatehandel beizubringen. Dieses Geschäft, so erklärte er mir, sei »eine effektive Kunst aus Versprechen und Erwartungen. Du musst lernen, dir die Waren als etwas vorzustellen, was es schon vorher gibt. Wie wenn du dich auf etwas freust. Sobald die Vorstellung von einer

Sache auf dem Markt ist, *wirkt* sie, und dann wird in der Zukunft, in der die Sache verkauft werden soll, eine Kanalisation angelegt, die in die Zeit zurückführt, zurück zu uns. Eine Kanalisation, die man natürlich nur in eine Richtung passieren kann, gegen den Strom sozusagen, aber derjenige, der sich gerade darin bewegt, kann nach jedem Meter stehen bleiben und seinen Platz verkaufen, mit Gewinn oder Verlust, je nachdem, wie stark in diesem Moment das Licht am Ende des Tunnels in unsere kollektiven Augen leuchtet, ja, entschuldige die Todesmetapher, es hat nichts mit dem Tod zu tun, man kann ja, wie gesagt, meistens wieder hinauskrabbeln, ehe man ankommt, durch eine mehr oder weniger verrostete und finanziell attraktive Klappe in der Wand, oder mit einem anderen Kloakenwanderer den Platz tauschen, also *swappen*, verstehst du, und außerdem war das Licht nie der Tod, sondern die Ware, und die hat ja auch ein Leben, kann auch verkauft werden, das sollte man nicht vergessen.« Es war, als würden wir in einem Zelt auf dem Dach eines hohen, traurigen Gebäudes liegen. Die Nächte rasten dahin. »Alvin«, konnte ich mit vorsichtiger Stimme fragen, wenn er seit mehreren Minuten verstummt war, und das Gefühl haben, es sei in Ordnung, so mit ihm zu reden, »Hey, Alvin?«, »Ja?«, »Schläfst du?«. »Wenn ich schlafen würde, könnte ich doch nicht hier liegen und mit dir sprechen?« »Nein … aber du hast heute *Feuer* gelegt! Du hast die Gemeinde dem Erdboden gleichgemacht, als du denen diesen Swap-Kredit angedreht hast. Wenn die Marktzinssätze erst steigen, und der Auslösemechanismus in Kraft tritt …« »Aber mein Lieber«, sagte er, »es ist doch klar, dass wir Geld verdienen, das andere verlieren. So ist das mit Derivaten. Das heißt aber noch lange nicht, dass wir es tun, *damit* die anderen Verluste machen.« »Aber der Hebeleffekt ist doch vollkommen integriert …« »Ja, genau, und er sorgt ja dafür, dass ein Markt überhaupt existieren kann … Das ist so einleuchtend, dass es gar keinen Sinn hat, darüber nachzudenken.« Obwohl ich selbst daran gescheitert war, stellte ich mir vor, dass es nach vielen Jahren Berufserfahrung durchaus gelingen konnte, keine Schadenfreude gegenüber jenen zu empfinden, die zwangsläufig Verluste machten. Dass es gelang, sie einfach aus dem Bild zu retuschieren, kraft eines Willensakts, der langsam und verborgen in einem selbst vollzogen wird, bis irgendwann nur noch der eigene Sieg existiert und man anschließend nicht mehr weiß, wie einem die Retusche geglückt ist. Woher nimmt man diese Fähigkeit? Und wie kann man sie wieder loswerden? Als das Kondenswasser von der Fensterscheibe tropfte und der Tag weiß hindurchströmte, war Alvin eingeschlafen, und ich klappte vorsichtig seinen Computer zusammen und stellte ihn auf den Fußboden. Der lärmende Prozessorkühler verstummte wie ein Mensch, dessen Atem aussetzt. Alvins Gesicht wirkte streng und auffällig weiß im Kontrast zum dunklen Haar. Seine Lippen waren zu einem Strich zusammengepresst und sanken ein wenig in den Mund ein. Ich wurde von Traurigkeit überwältigt, von einem großen, grauweißen Gefühl, an dessen äußerstem Rand ein dunkles Objekt schwebte, das ich nicht festhalten konnte. Hin und wieder erahnte ich eine Ecke oder eine Bruchfläche, doch sobald ich davon ausgehend weitersuchte, um das Objekt näher zu ergründen, war es plötzlich weg, und als ich anschließend wieder zu meinem spärlichen Ausgangspunkt zurückkehren wollte, war auch er verschwunden. Ich hätte am liebsten geweint. Ich vermisste meine Exfrau und die wenigen Freunde, die ich hier gehabt hatte, all jene, die mich im Stich gelassen hatten, oder ich sie, nachdem ihnen bewusst geworden war, dass sie mich brauchten. Plötzlich kam es mir so vor, als hätte ich damals mein Leben aufgegeben und die Kontrolle anderen überlassen. Und jetzt war es einsam und gleichgültig geworden. Alvins Hände waren nicht gefaltet, sondern geradezu krampfhaft verflochten, als hätten sie aneinander festhalten müssen, während er eingeschlafen war. »Ich war noch nie in Rumänien.« Ich zuckte vor Schreck unter der Decke zusammen. »Warst du schon mal da?«, hörte ich als Nächstes, und jetzt sah ich auch, wie sich Alvins Lippen bewegten. »Nein«, flüsterte ich. »Nie.« Am späten Abend landeten wir in Bukarest und nahmen ein Taxi ins Hotel. Noch leicht beduselt von den Getränken an Bord, warfen wir uns auf die bordeauxrote Tagesdecke und zerstörten die beiden aus Handtüchern geformten Schwäne. Es war wie eine Einweihung des Zimmers, einfach nur mit den Laptops auf dem Bauch zu liegen, die Aktienkurse zu beobachten und Angebote für die abgeleiteten Derivate anzunehmen, und eine Stunde später – als der Eukalyptus aus Alvins Dusche strömte und mit dem Geruch unserer Socken auf der Heizung verschmolz – fühlte ich mich wie zu Hause und hatte ganz vergessen, dass wir in Rumänien waren. »Fertig!«, rief Alvin. Ich warf die Klamotten ab, schlich an ihm vorbei zum Waschbecken und stieg in die Badewanne. »Warum nimmst du nichts von dem kostenlosen Shampoo?«, fragte ich durch den Vorhang. »Das überlasse ich den anderen Gästen«, sagte er und reichte mir eine kleine, torsoförmige Flasche hinein. »Ich habe das hier 2008 in Südafrika entdeckt, seither nehme ich nichts anderes. Probier es selbst.« Ich presste einen Klecks Shampoo aus der Flasche *aroma therapy: stress relief* und verteilte es in meinem Haar. Eine potente Frische drang in mich ein und legte sich wie eine innere Hülle aus Hunderten winzigen, massierenden Händen unter meine Kopfhaut. »Phantastisch«, sagte ich und spürte, wie der Dampf meine

Atemwege befreite, als ich das Shampoo wieder ausspülte. »Ja, oder?«, fragte Alvin. »Und sag mal, hattest du nicht Rückenschmerzen? Das hilft auch bei Verspannungen und Knoten.« Die schmerzende Stelle unter dem Schulterblatt war unmöglich zu erreichen, ich musste ein angestrengtes Stöhnen ausgestoßen haben, denn Alvin sagte »Lass mich mal« und streckte die Hände durch den Schlitz zwischen den beiden Vorhängen. »Keine Angst, *ich* bleibe draußen. Gib mir ein bisschen Shampoo.« Ich gab ein wenig von der olivgrünen Flüssigkeit in seine Hand und kehrte ihm den Rücken zu. Er strich von der Lende aufwärts, bis ich »auuuu, ja, ja, genau da!« rief, und dann knetete er an dem Knoten herum, bis der sich löste und in meinem Körper verschwand. »Du kommst mir sowieso sehr verspannt vor.« Er bewegte sich weiter zu meinem Nacken hinauf und auf der linken Seite der Wirbelsäule wieder hinab. »Die ätherischen Öle stammen von einer Eukalyptusart, die auch Fieberbaum genannt wird, ist das nicht ein wunderbarer Name, Fieberbaum? Der kommt daher, dass man eine ganze Menge dieser Bäume in malariaverseuchten Gebieten anpflanzte. Sie haben die Eigenschaft, die Sümpfe auszutrocknen, in denen die Mücken brüten.« Er hatte sich im Schneidersitz auf der anderen Seite des Vorhangs niedergelassen und massierte jetzt meine Beinrückseiten. »Der aktive Stoff im Öl ist ziemlich heftig … Eucalyptol … manchmal, in sehr heißen, windstillen Zeiten, können die Eukalyptusbäume in einem Wald so viele Dämpfe freisetzen, dass der kleinste Funken, von einer Zigarette zum Beispiel, eine Explosion und einen Waldbrand auslösen kann. Dreh dich um.« Ein Klatscher auf den Oberschenkel, ich wandte ihm die Brust zu. Im Zimmer hing so viel Dampf, dass ich den Spalt zwischen den Vorhängen oder das, was sich auf der anderen Seite befand, nicht länger erkennen konnte. Ich legte den Kopf zurück und sah das Wasser herabprasseln wie einen warmen Regen, der nur für mich bestimmt war. »Mehr Shampoo.« Ich drückte eine kleine Menge aus der Flasche in seine hohlen Hände. Sie verrieben die Flüssigkeit und fingen an, mich von der Stirn abwärts zu massieren. Alvin redete weiter, aber ich hörte nicht mehr, was er sagte. Wie ein Geräuschschwall platschten die Wörter zusammen mit dem Wasser aus der Luft und liefen über mein Gesicht und meine Brust, zusammen mit seinen Fingerkuppen, die alle schmerzenden Punkte ertasteten. Von den Leisten strichen sie in Bögen um mein Geschlecht herum und weiter die Schenkel hinab. Der Eukalyptus breitete sich wie ein kribbelnder, innerer Anzug in meinem ganzen Körper aus, bis auf die Stellen, die seine Hände ausgelassen hatten: die Augen, den Mund, den Schritt und den Hintern. Und wegen des intensiven Gefühls, das sie umgab, waren Augen, Mund, Schritt und Hintern nicht mehr vorhanden oder fühlten sich an wie Leerstellen, wie unendliche Löcher, die alles verschlangen, was in ihre Nähe kam. Tief in meinem Bauch registrierte ich einen dumpfen Sog, der an Intensität zunahm, wie ein dunkler Stoff, der sich um seine eigene Mitte zusammenballte, und als Alvin die Hände strecken musste, um meine Knöchel zu erreichen, und seine Wange wieder hinter dem Vorhang zum Vorschein kam, schrumpfte das Gefühl so sehr, dass es schließlich ganz verschwand. Für ungefähr zehn Sekunden befand ich mich in einem Trichter aus Zeit, an dessen anderem Ende ich nur mich selbst sah. Es war sehr einsam. Anschließend lagen wir mit Handtüchern um die Hüften im Bett und teilten eine Zigarette. Am folgenden Tag fuhren wir unermüdlich auf den beiden Klapprollern, die Alvin in seiner Sporttasche transportiert hatte, durch Bukarest. Die Bürgersteige waren nicht mit Platten gepflastert, weshalb man angenehm summend auf ihnen dahinrollen konnte. Reich verzierte Gebäude mit harmonischen, runden Formen drängten sich neben massiven Wohnblöcken aus der kommunistischen Ära. Vor dem Eingang einer U-Bahn-Station stand ein Mann mit ausgestreckten Armen und hatte die Hände voller Gurkenschäler. Von einer Schnur um seinen Hals baumelten lange, dunkelgrüne Schalen schwitzend in der Sonne, um die Funktionstüchtigkeit seines Werkzeugs zu beweisen. Ein anderer Mann drückte mir ein Blatt mit einer merkwürdigen Zeichnung in die Hand: Vor dem Hintergrund einer Strandlagune im Dämmerlicht ritt eine barbiehafte Figur in weißem Bikini auf einer Rakete, die Kurs auf die rechte obere Ecke des Blattes nahm; das Gefährt war durchsichtig, sodass man die drei Schichten sehen konnte, aus denen sie bestand, drei ineinandergeschachtelte, erigierte Penisse, die auf einem Maßband an ihrer Unterseite in die Länge wuchsen. Ich faltete das Bild zusammen und steckte es in die Tasche meiner Khakihose. Eine Frau, deren Auge nur aus Iris bestand, verlor auf einem Zebrastreifen eine Wassermelone. Der Himmel war nicht auszumachen hinter all den Stromleitungen, die zwischen Holzpfählen gespannt waren. Auf einem gelben Haus mit rissigen Mauern stand *CABINET PSIHOLOGIC*. Eine Horde Kinder beäugte einen Käfer, der auf dem Asphalt unter einer umgedrehten Glasvase gefangen war. Staubfeines Wasser rieselte aus Ventilen in den Markisen der Cafés auf meine kochend heiße Haut. In Alvins kalten Händen: Geldscheine aus Plastik, unmöglich durchzureißen, aufzuweichen oder abzufackeln. Er sagte: »Was mein ist, ist auch dein.« Mein Dank erstarb unausgesprochen auf meinen Lippen, als hätte jemand einen langen, kalten Finger daraufgelegt. Ich erinnere mich noch an alles, was er tat: sein Becken am Lenker des Rollers, das Gewicht ein wenig in die Knie verlagert, wie er sich in die Unebenheiten der Straße hineinlegte. Die leise Ironie, mit der seine Finger eine Zigarette hielten. An jenem Tag waren selbst die Flugzeuge schön. Kaputte Luft. Kaputter Asphalt, daraus hervorbrechende Pflanzen. Stechender Geruch von Rind und anderen toten Tieren auf einem Markt am Stadtrand. Eine prächtige Metzgerei, im Blut treibende Wespen. »Ich benutze nie öffentliche Verkehrsmittel«, sagte Alvin. Wir saßen beim Mittagessen in dunkelgrünen Liegestühlen auf dem eingezäunten Parkplatz vor einem Kiosk. Er lag an einer breiten Ausfallstraße mit Wohnblöcken und Autowerkstätten, auf der wir eine gute Stunde entlanggefahren waren, nachdem wir die Bahnschienen überquert hatten, die die Stadt im Westen begrenzten. Fünf Meter entfernt unter ein paar Sonnenschirmen saßen mehrere Männer in Arbeitsmontur, sie tranken Bier und rauchten und starrten auf einen Fernseher. Wegen des Verkehrslärms konnte man nichts hören, aber der Röhrenbildschirm und das Schweigen der Männer genügte, um uns den Eindruck zu geben, wir säßen in einer Bar oder einem Club, in dem die Uhren noch langsamer tickten. Die meisten von ihnen waren in meinem Alter, einer in Alvins. Die Haut in ihren Gesichtern war so trocken und ledrig, als gehörte sie an die Hände. Sie drehten sich nach der Frau um, die vermutlich die Tochter der Kioskbesitzerin war und höchstens zwanzig. Alle zehn Minuten brachte sie Alvin und mir ein neues Erfrischungsgetränk und einen Schokoriegel, denn Alvin war drinnen gewesen, um ein breites Angebot zu kaufen, und hatte sie extra dafür bezahlt, es uns nacheinander zu servieren. Jetzt füllten wir unsere Plastikbecher mit einem schwarzen Getränk, das äußerlich an Cola erinnerte, aber entsetzlich bitter schmeckte; ein beinahe antibiotischer Geschmack. »Wenn man mit dem Roller durch die Gegend fährt, bekommt man alles mit«, fuhr

Alvin fort. »Dann gibt es nicht diese Kontinuitätslücken, wie wenn man unterirdisch oder über den Wolken von einem Ort zum anderen gelangt … oh, Fuck, das Zeug habe ich doch schon mal getrunken! Das ist ja einfach nur der rumänische Chinò!« Er hielt sich angeekelt den Becher vors Gesicht. »Genau das … ich hab's schon mal getrunken!«, sagte er und kippte die Flüssigkeit auf die Fliesen. Er musste sich kurz erholen, ehe er weitersprechen konnte. »Und trotzdem ist es so, als würde die Stadt eine Oberfläche bleiben. Ich glaube, das liegt an der Geschwindigkeit … dieser gleitenden Bewegung, in der man alles sieht. Man bildet sich nicht ein, man könnte irgendetwas an ihr durchschauen.« Im nächsten Moment wurde mir der Becher aus der Hand gerissen und genau wie Alvins auf den Boden entleert. Ich blickte zu einem großen, sonnengebräunten Mann in Arbeitsoverall auf. Er stellte meinen Becher auf den Tisch und deutete mit dem Kopf zur Straße. Wir blickten dorthin, dann wieder zu ihm, fragend. »Yes«, sagte er und sah mir in die Augen, er hatte die Arme verschränkt und eine pädagogische Miene aufgesetzt, geduldig und doch bestimmt; ich schämte mich. »Was will er?«, fragte Alvin. »Ich glaube, er will, dass wir gehen«, antwortete ich. »Ja, aber wir sind hier gerade am Probieren …« »Yes«, sagte der Mann noch einmal. Ein weiterer, jüngerer Mann in einem schwärzen Unterhemd kam mit unseren restlichen Bestellungen in einer Tüte aus dem Kiosk und stellte sie Alvin auf den Schoß. »O-kay«, sagte Alvin und raffte die Verpackungen zusammen, nur die Chinòflasche ließ er stehen. Wir standen auf, klappten unsere Gefährte auseinander und rollten davon. Die Flaschen und das Papier beulten die Sporttasche aus, hingen aus Alvins Hosentaschen heraus, klammerten sich an ihn. Wieder im Zentrum, kamen wir an einer exakten Kopie des Triumphbogens vorbei. Der Boulevard war vier Meter breit und in der Mitte von Blumenbeeten und Springbrunnen geteilt, die in Neonfarben erleuchtet wurden, Blau, Rosa und Silber. Es gab Kleiderboutiquen mit Namen wie *Fashion Victim* und *Shopping is cheaper than Therapy*. In der Altstadt hielten wir an einem Straßentheater, klappten die Roller zusammen und mischten uns unter die Zuschauer. Ich spürte nicht nur die Körperwärme der Leute, die unmittelbar neben mir standen, sondern eine einheitliche Wolke, die vom ganzen Publikum produziert wurde und es zugleich einhüllte. Alle Aufmerksamkeit richtete sich auf die Bühne. Die Sonne war untergegangen, aber ihr Licht hing noch immer am Himmel, ein hellblaues Nachschimmern, das die Dunkelheit für einen Moment aufschob. Manche Zuschauer hatten Kinder auf den Schultern sitzen, andere warfen den Kopf in den Nacken und lachten in die Luft, wenn etwas Lustiges passierte. Auf der Bühne etwa, zwanzig Meter vor uns, standen zwei Menschen auf Stelzen, der eine mit einer Trommel um den Hals, der andere mit einem kleinen Blasinstrument, und spielten eine mittelalterliche Melodie mit Jazzanklängen. Zwei andere, zwergenhafte Schauspieler in roten und grünen Ritterrüstungen marschierten vor den Füßen der Musiker aufeinander zu und führten einen feindseligen Dialog. Ich konnte nicht anders, als ihnen nachzusprechen. Diese besondere Kombination aus Lauten, die ich nicht verstand, fuhr in meinen Körper hinein und kam aus dem Mund wieder heraus, ich kannte die Sprache nicht, aber sie machte mich high. Unwillkürlich wiederholte ich auch die darauffolgenden Sätze des einen Ritters, und Alvin antwortete mir mit den Erwiderungen des anderen. Im nächsten Moment stürzten sie sich aufeinander, umklammerten sich an den Ellbogen und versuchten mit ihrem ganzen Gewicht, den anderen zu Boden zu ringen. Der Grüne taumelte zurück, um nicht den Stand zu verlieren, er bog seinen Rücken nach hinten, sodass der Rote hochgehoben wurde und für ein paar Sekunden in der Luft schwebte, ehe der Rote wieder mit den Füßen auf dem Boden aufkam und den Grünen schweben ließ. Der Kampf entwickelte sich zu einem Tanz, wie Blätter im Wind schlugen die beiden Körper Purzelbäume, ohne voneinander abzulassen. Unterdessen keiften sie sich weiter an, denn der Tanz blieb trotz allem eine Fortsetzung des Streits, und wir sprachen ihnen weiter nach. Plötzlich erstarrten sie in derselben Umklammerung, in der sie auch begonnen hatten, während die Füße unter ihnen wegrutschten und ihre Körper für einen Sekundenbruchteil beinahe waagerecht in der Luft hingen. Dann klatschten sie Stirn an Stirn auf den Boden. Alles wurde still. Sie hoben ihre Köpfe und sahen einander in die Augen. Der eine sagte laut und deutlich, aber mit einer ganz neuen Zärtlichkeit einen Satz, der für allgemeines Gelächter sorgte, als ich ihn nachsprach. Ich wandte mich an Alvin und imitierte den Satz, ich schrie ihn wieder und wieder, so laut ich konnte, bis mir jemand auf die Schulter tippte. Eine junge Frau fragte auf Englisch: »Wissen Sie, was Sie da gerade zu Ihrem Sohn sagen?« »Nein«, antwortete ich, »und er ist nur ein Freund.« »Sie sprechen beide grauenhaft Rumänisch.« »Aber was habe ich gesagt? Was bedeutet das?« »Sie haben gesagt: Bruder, du darfst mich nie wieder verlassen.« Ich weiß nicht, ob Alvin es mitbekommen hatte, er sah so gleichgültig aus wie immer: Strichmund und Schraubenmutteraugen, keinerlei Orientierung in diesem Gesicht. Nachdem wir wieder im Hotel angekommen waren, gingen wir nacheinander duschen. Ich kann das Glück nicht beschreiben, das ich empfand, als ich anschließend neben ihm lag, bis in den letzten Muskel erschöpft und doch außerstande zu schlafen. Es war stockfinster, und wir atmeten tief, wussten aber beide, dass der andere nicht schlief. Diese Gewissheit stand als etwas Großes, Allumfassendes im Raum, und wenn sie mich umfasste, umfasste sie auch Alvin. Später in der Nacht hörte ich, wie er sich aufsetzte, in einer Drehung die Beine über die Bettkante schwang und sich anzog. Er stand auf und griff behutsam nach seiner Sporttasche, die schon vorher gepackt worden war, konnte ein leises Rasseln der Plastikflaschen jedoch nicht vermeiden und hielt inne. Bestimmt horchte er nur, ob er mich geweckt hatte, obwohl ich diese Sekunden am liebsten als Sekunden des Zweifelns in Erinnerung behalten würde. Denn so würde er genauso eindrücklich und doch unbestimmbar bleiben, wie er auch weiterhin zu mir zurückkehrt, schlafend, handelnd, duschend in der Erinnerung. Nachdem er gegangen war, blieb ich stundenlang liegen, ohne das Licht einzuschalten. Als der Morgen weiß ins Zimmer leuchtete, packte ich meine Sachen und verließ das Hotel auf dem Roller, den er zurückgelassen hatte. Am Flughafen teilte man mir mit, dass ich kein Geld mehr hätte. Keines meiner Konten existierte noch, meine Kreditkarten waren wertlos, ihre Verknüpfungen liefen ins Leere. Ich legte mein Bargeld auf den Tresen und erfuhr, dass es für ein Zugticket ausreichte. Die Kontinuität der Bahnreise beruhigte mich. In Kopenhagen angekommen, ging ich wieder zu der Bank und hoffte, Kontakt zu einem der Angestellten aufnehmen zu können, die ich kannte und die mir helfen konnten. Die Ruine lag genauso da wie zuvor. Ich erklomm einen großen Marmorbrocken am Rand der Unglücksstelle und konnte von dort aus die Trümmer überblicken. Sie waren über ein weites Gebiet verstreut, türmten sich in alle Richtungen, ein See voller Müll, stahlgrau und grauweiß, hier und da auch gelb von Holzteilen. Über dem Ganzen hingen ein dichter Insektenschwarm und ein dunkler, süßlicher Geruch wie von fauligen Teeblättern. Ich rannte los, über die Brocken hinweg, bemaß meine Sprünge und landete punktgenau, fühlte mich jung und agil. Schließlich gelangte ich zu einem Loch zwischen zwei großen Marmorstücken, das einigermaßen zugänglich und nur wenige Meter tief wirkte. Ich hielt mich am Stein fest, senkte mich hinab und fand mit den Füßen Halt an den unebenen Wänden. Die Luft wurde stickiger, der dunkle Insektenhimmel war von den Rändern des Lochs eingerahmt, meine Zehen erreichten den Boden, der stabil wirkte. Ich ließ mich herabfallen und kroch auf allen vieren in den schmalen Tunnel, der sich dunkel vor mir auftat. Der Marmor war hart unter den Knien, ab und zu musste ich sie bis zum Bauch anziehen oder den Rücken durchbiegen, um etwas scharfkantig Aufragendem auszuweichen. Dann verengte sich der Tunnel und machte einen Knick, um den ich auf Ellbogen herumrobbte, bis mein Kopf schließlich in etwas vorstieß, was an einen Raum erinnerte: eine große Höhle, die durch den Einsturz des Gebäudes entstanden war, Stahl, Gips und Holz, von großen Steinbrocken gestützt. Allerdings waren die Materialien so uneinheitlich, zufällig platziert und voller Risse und Spalten, die zu wieder anderen Räumen führten, dass die Dimensionen nur schwer zu erfassen waren. Überall lagen Bankangestellte in zusammengekauerten, verrenkten und verpuppten Positionen, zu denen die gezackten Wände sie zwangen, und hatten ihre Laptops auf dem Schoß oder auf dem Bauch. Ihre Gesichter waren schmutzig und kränklich blass, einige trugen wegen der schlechten Luft Staubmasken. »Suchen Sie jemanden?«, fragte ein junger Mann und kam herbei, um mir aus der Wand zu helfen. »Nein«, antwortete ich; dann stammelte ich den Namen der Systemadministratorin. »Folgen Sie mir«, sagte er und führte mich durch Risse und Löcher, je nach räumlicher Gegebenheit kletternd, krabbelnd oder kriechend. Irgendetwas an den stromlinienförmigen Verrenkungen, mit denen sich sein Körper anpasste, gab mir das Gefühl, er würde durch diese Passagen gezogen oder von etwas angesogen. Als hätte irgendeine verborgene Intelligenz oder höhere Macht die Bank in Schutt und Asche gelegt und zwänge ihre Mitarbeiter nun in neue Formen hinein. Ringsherum hatten sich die Leute an den erstaunlichsten Orten einen Arbeitsplatz eingerichtet. Überall verliefen Stromleitungen und legten die Verbindungen zwischen ihnen offen. Ich stellte mir eine monströse und durchlöcherte Architektur vor, zerbröckelte Teile, die in einen riesigen Ameisenbau hineingerieselt waren, lediglich von Internetwellen und dem gärenden, organischen Atem zusammengehalten, der in allen Gängen und Hohlräumen waberte. Ein Chor aus Fingern auf Tastaturen stieg aus der Tiefe auf. Wir zwängten uns mit den Füßen voran an einer verbogenen Stahlplatte vorbei und in eine weitere Höhle hinein. In ihrer Mitte saß die Systemadministratorin im Lotussitz auf einem Kissen vor drei Bildschirmen. Neben ihrer rechten Hand ruhte eine Maus auf einem Stück Marmor. »Ich glaub's ja nicht!«, rief sie lachend und blickte zu mir auf. »Hätten Sie nicht schon vor zehn Tagen hier sein sollen?« »Doch«, antwortete ich und stürzte mich in eine Erklärung, die mir selbst schleierhaft erschien, und als ich einen Schritt nach vorn machte, trat ich versehentlich mit dem Fuß gegen einige kleine Steinchen. Es dauerte vielleicht zehn Sekunden, ehe sie unten im Wasser aufkamen. »Ach, vergessen wir das«, sagte sie und wischte meine Entschuldigungen mit einer Handbewegung beiseite. »Lassen Sie uns zur Sache kommen.«

# Bad Mexican Dog

Der Strand hat etwas Besonderes an sich, denn ich bin ein Beach Boy, etwas wird passieren am Strand. Ich erinnere mich an die Strände von Essaouira, Marseilles, San Juan, wo es nicht passierte und ich jeden Abend in einen Himmel hinaufsah, der so blau war zwischen den Stromkabeln, dass es mir im Gesicht schmerzte. Nicht weil der Himmel etwas Besonderes an sich hatte, er war lediglich eine straff über meinem Kopf gespannte Decke, die mir das Gefühl eines unüberwindbaren Abstands gab; wäre ich im Himmel, würde ich zur Erde hinaufsehen, blau zwischen Stromkabeln. Ich bin ein fünfzehnjähriger Junge, schlank und braunhaarig und grünäugig. Mein Gang ist aufrecht, mit einem leichten Schwung im Rücken wie ein Panther, aber ein kleiner, bescheidener, den niemand beachtet. Jetzt befinde ich mich in Cancún, Mexico, und stehe unbemerkt vor dem Empfangstresen. Es ist früh am Morgen, der Besitzer streitet sich mit seiner Frau über einen Boy, der ausgerechnet heute ohne jede Vorwarnung gekündigt hat. Ich habe mir diesen Club ausgesucht, weil mich der Löwe auf seiner Flagge an einen englischen Touristen mit Vollbart erinnerte, der gutes Trinkgeld gab in Essaouira, Marseilles, San Juan. Der Besitzer richtet seine aufbrausenden Augen auf mich, doch noch bevor er mich anschnauzen kann, sage ich: »Ich habe gehört, ihr sucht einen Boy?«

»Wir suchen immer Boys«, antwortet der Besitzer, »aber bist du überhaupt ein richtiger Beach Boy?«

Ich bejahe es, erkläre, dass ich aus dem richtigen Holz geschnitzt bin, und zähle meine früheren Arbeitsstellen auf.

»Na, dann komm mal mit«, sagt er und geht um das quadratische Bambushaus herum, auf dessen Vorderseite die Bar und Rezeption des Clubs untergebracht sind. Er öffnet die Tür zu einem länglichen Lagerraum. Handtücher, Fächer, Sonnencremes für vorher und *Nachsonne* für nachher. In einer Kühlbox Halbliterflaschen mit natürlichem Mineralwasser. Durch die Löcher in der geflochtenen Wand malt die Morgensonne Flecken auf meine Haut. Der Besitzer wirft eine schwarze Badehose und ein weißes Unterhemd auf die Bank und sagt, ich solle mich umziehen. Dann verlässt er den Raum, und während ich dort sitze und mich aus den Klamotten schäle, kann ich durch ein Loch in der Wand über den Bartresen hinaussehen auf den Himmel und das Meer, die so blau zwischen den Liegestühlen hindurchschillern, dass es in meinem Schritt kribbelt. Es gibt etwas, weshalb ich hier bin, etwas, das ich erledigen muss. Im Sand vor der Bank ist ein längliches Bassin ausgehoben und mit poolblauem Plastik ausgekleidet worden. Das Bassin ist voller kleiner, quallenähnlicher Kleckse, die wie lebendes Wasser darin herumschwimmen. Meine Beine sind zu kurz, um es zu erreichen, aber ich spüre den schleimigen Dampf unter meinen Fußsohlen.

»Du kennst die Bedingungen?«, ruft der Besitzer und öffnet die Tür in dem Moment, als ich die Badehose über meine Hüfte ziehe. »Das Trinkgeld darfst du behalten. Alle anderen Einnahmen gehören mir.«

Ich bestätige es, und er zurrt die Bauchtasche über meiner Badehose fest. In den Seitenfächern kann man Cremes verstauen, und es gibt vier elastische Schlaufen für Wasserflaschen. Während mich der Besitzer ausstattet, spüre ich seine Brustbehaarung an meiner Schulter. Er sagt, die anderen Boys würden mir alles erklären, was ich über das Strandleben wissen müsste.

Insgesamt sind es 480 Liegestühle, 24 Reihen à 20, und wir sind 6 Boys, also ist jeder für 4 Reihen oder 80 Stühle zuständig. Wenn man in seinem eigenen Bereich alles unter Kontrolle hat und sämtliche Badegäste versorgt sind – mit Sonnencreme oder Getränken, ein bisschen Schatten oder einem Fächer vorm Gesicht –, darf man sein Glück oben am Eingang versuchen. Dann muss man auf den zwanzig Metern der Holzpromenade von der Rezeption bis zu den Liegestühlen genau den richtigen Eindruck machen. Hier habe ich Gelegenheit, die anderen Boys in Aktion zu sehen, ihren Stil zu studieren. Hier sehe ich zum ersten Mal Immanuel.

Als die französische Dame mit dem Sonnenhut die Hälfte der Promenade zurückgelegt hat, hebt er einen Fuß und steuert entschlossen auf sie zu. Dabei bewegt er sich trotzdem ohne Eile, lässt die Hüfte nach vorn fallen, lange Wellen aus Knochen und goldbrauner Haut, die ihn so ruhig über den Sand ziehen, dass alles wie in Zeitlupe vor mir abläuft: Jeder Schritt zeigt sich mir in all seinen Phasen, vom Abstoß der Ferse und der Schlangenbewegung der Fußsohle über den Ballen bis in die Zehen, während der Sand hinter ihm Engelssprünge macht. Meine Augen wandern wieder die Taille entlang nach oben, und ich sehe sein Becken bei jedem Schritt von einer Seite zur anderen kippen und stelle mir vor, wie Krebstiere und gescheckte Fische dort drinnen herumschwimmen, in einem hellblauen Meer, das gegen das Schambein schwappt. Sein Unterleib wirkt kraftvoll, wenn er sich wiegend über die Promenade bewegt, während alles andere an ihm dahinwelkt, sein langes schwarzes Haar und die goldbraune Haut, und als er nur noch vier Meter von der Dame mit dem Sonnenhut entfernt ist, wirkt er plötzlich aschfahl wie ein alter Kellner in einem Bistro.

»Willkommen im Club, die Dame. Was halten Sie davon,

wenn ich Ihr persönlicher Boy werde, während Sie bei uns sind? Schatten, Sonne, Sonnencreme, Massage und kühle Getränke, was immer Sie wünschen?«

Die Dame mit dem Sonnenhut nimmt dankend an und reicht Immanuel ihre Tasche, und er zwinkert mir zu, als sie an mir vorübergehen. Er wird gut an ihr verdienen, das ist so sicher, wie das Meer türkis ist.

Dann bin ich an der Reihe, aufrecht und mit einem leichten Schwung im Rücken wie eine Wildkatze gehe ich auf der Holzpromenade so zielstrebig auf ein englisches Paar zu, dass es mich gar nicht übersehen dürfte, und dennoch entdeckt es mich erst, als wir nur noch einen Meter voneinander entfernt sind und ich sage: »Guten Morgen, was halten Sie davon, wenn ich Ihr persönlicher Boy werde …«, doch schon habe ich die Chance vertan, ganz natürlich ihren Weg zu kreuzen und mich so anzubieten, dass sie mich wollen, ohne zu wissen, dass ich sie will, ich habe nicht denselben Beat gefunden wie Immanuel, denn der Mann hebt abwehrend die Hand.

Man hat nur einen Versuch am Tag frei, einen Job als persönlicher Boy zu ergattern und gutes Geld zu verdienen. Also trabe ich rastlos in meinen 4 Reihen à 20 auf und ab und biete den Leuten an, sie einzucremen oder ihnen Luft zuzufächeln. Ich wechsle Handtücher, richte die Schirme nach dem Stand der Sonne am Himmel aus und langweile mich, wenn sie im Zenit steht. Gegen Nachmittag haben die Leute genug gebraten, und ich schmiere sie mit Sonnencreme und kühlender Nachsonne ein. Während ich rittlings auf dem Rücken eines Schweden mit zwei Speckringen über der Lende sitze, beobachte ich, wie Ginger, der englische Boy, sich auf der Promenade versucht. Er leuchtet weißer als der Sand, obwohl der Sand weiß ist wie die Kokosmasse in einem Bounty, und sein Haar glänzt in der Sonne wie Kupfer. Ginger ist hübsch, aber mit seinen knochigen Knien stakst er ein bisschen zu sehr wie ein mageres Vieh, strahlt nicht die Geschmeidigkeit und Leichtfüßigkeit aus, die man von einem Boy erwartet. Ein Beach Boy darf nicht zu sehr den Eindruck vermitteln, er würde der Schwerkraft gehorchen, denke ich. Die Speckringe des Schweden flutschen mir durch die Finger. Während ich sie erneut packe und voneinander trenne, um die Creme tief in seinen Rücken hineinzumassieren, sehe ich, wie Jia, der chinesische Boy, so unbedarft auf zwei deutsche Frauen zuwatschelt, als wären seine Knochen und Gelenke noch nicht voll entwickelt. Mit seinem kleinen runden Bauch und seinen schmalen Hüften ist er ein richtiger Boy, vielleicht der jungenhafteste von uns allen. Die Deutschen beißen sofort an. Meine Finger sind tief zwischen den Speckwülsten vergraben, die sich um meine Handgelenke schließen. Ich sortiere die Organe dort drinnen neu, ziehe eine Niere heraus und schleudere sie in den Himmel, sehe mich selbst hinterherfliegen wie eine Sternschnuppe oder auch nur eine Möwe, aber ich bin ein Beach Boy. Unter dieser Bedingung bin ich hier.

Dann kommt der Abend, und ich sitze neben Immanuel auf der Umkleidebank. Seine Haut ist hart und glatt wie lackiertes Holz. Er schält eine Orange und schneidet mit dem Messer ins Fruchtfleisch, sodass der ganze Raum von Orange erfüllt wird. Die Sonne ist jetzt vor mir, denn die Sonne versinkt im Meer. Er füttert mich mit den herausgeschnittenen Stücken, führt sie auf der Messerklinge zu meinem Mund: harter metallischer Geschmack unter dem frischen, süßen. In der anderen Hand hält er die restlichen aufgeschnittenen Spalten wie einen Strauß, der lange, weiße Strunk ragt schlaff aus der Mitte hervor, am Boden wird alles von einem kleinen Kreis aus Schale zusammengehalten. Er löst die Spalten etwas mehr voneinander und spreizt sie zu feuchtglänzenden Fangarmen, ein Blumentier, sagt er und zieht am weißen Strunk, bis der aufrecht steht. »Guck, und das ist der Schwanz«, sagt er lachend, und ich lache auch, und dann isst er die ganze Handvoll auf einmal, während ihm der Saft das Kinn herunterrinnt. Anschließend schweigen wir, und Immanuel umfasst meinen Schwanz. Ich lege meinen Arm quer über seinen und mache dasselbe bei ihm, auf und ab. Durch das Loch in der Wand wirft die Sonne ein Fenster aus Licht auf seinen Bauch, durch das ich das Meer sehen kann. Ein Pochen in meiner Hand. Spritzer von dickflüssigem weißen Saft, erst Immanuel, dann ich, werden in der Sonne orange landen im poolblauen Bassin zu unseren Füßen. Als würde der Horizont an unserem Unterleib anfangen, und für einen Moment erinnere ich mich an einen Raum, der hinter dem Meer liegt. Es gibt Dinge, die ich erledigen muss, Dinge, die ich schaffen muss, solange ich hier bin.

»Immanuel?«, frage ich.

»Was denn?«, fragt er. »Und hey, nenn mich einfach nur Manuel, die erste Silbe ist irgendwie zu viel.«

»Manuel, wie kriegst du das hin auf der Promenade?«

»Ich rate. Ich rate, wo die Gäste herkommen und wie viel Geld sie haben, und dann imitiere ich die Bediensteten, die sie aus ihren eigenen Ländern kennen. Aber man muss sich innerlich vollkommen leer machen. Wenn man ihrem Bild entsprechen will, muss man sich selbst in ein Ding verwandeln.«

»Funktioniert das denn immer?«

»Zumindest, wenn die Gäste alt sind, denen gefällt diese Sicherheit. Diejenigen unter 30 oder 40 wollen am liebsten nicht mitkriegen, dass man sich ihretwegen verstellt … sie mögen es nicht, wenn man Englisch mit ihrem eigenen Akzent spricht und das ganze Getue. Wenn ich in ihrem Blick beispielsweise lese: SCHMAL GEBAUTER MEXIKANISCHER BOY, sage ich LET ME AUTHENTICATE THAT FOR YOU, aber nur im Stillen, und dann setze ich es um.«

Am Morgen des nächsten Tages blicke ich also über den Strand mit den 480 Liegestühlen, 24 Reihen à 20. Sie erinnern an einen riesengroßen Bandwurm, jeder Stuhl ein eigenes Glied; oder an Ströme von Schmelzwasser, die über den Sand ins Meer fließen. Sie sind die Rippen der Küste. Dann verstehe ich, was Manuel gestern gemeint hat, und wiederhole es oben am Eingang noch einmal für mich, als die deutsche Frau im Gegenlicht die Holzpromenade entlangkommt. Ich mache mich leer und lasse zu, dass sie ihren Blick über meinen gesamten Vorderkörper ausbreitet, der ganz warm wird, während mir der Wind den Rücken kühlt, und als ich sie mit einem unbekümmerten mexikanischen Akzent auf der Zunge willkommen heiße, sagt sie ja, ich dürfe gern ihr persönlicher Boy werden.

In den kommenden fünf Stunden creme ich sie ein und hole ihr kalte Drinks von der Bar. Wenn es ihr zu heiß wird, hebt sie die Hand und deutet auf ihr Gesicht: Ich knie mich neben sie und fächle ihr Luft zu. Dann sagt sie, ich solle mich trollen und erst in zehn Minuten wiederkommen, und während ich mich entferne, spüre ich die Kälte von hinten, als hätte sich meine Rückseite von ihr und der Sonne abgewandt. Ich renne zwischen meinen 4 Reihen à 20 hin und her, um die anderen Gäste zu versorgen, solange es geht. Zum Glück helfen Jia und Ginger in meinem Bereich aus, Manuel kümmert sich um die französische Dame mit dem Sonnenhut. Sie hatte gezielt nach ihm gefragt. Auf dem Zenit haben wir viel zu tun, alle wollen

Wasser und eine milde Brise und Sonnencreme auf ihren Körpern. Ginger stolpert mit vollen Händen im Sand und landet mit dem Gesicht zwischen den Pobacken einer jungen Frau. Sie kreischt, und ihr Freund springt auf und geht Ginger an die Gurgel, obwohl er längst aufgestanden ist und mit erhobenen Handflächen um Verzeihung bittet. Ich renne los und rufe, es sei ein Versehen gewesen, aber der Freund hört mich nicht, er sieht nur einen PERVERSEN WICHSER DER SEINE NASE ZWISCHEN DIE BEINE MEINER FREUNDIN STECKT. Er vergisst, dass Ginger ein Boy ist und Boys sich gar nicht für so was interessieren. Ginger kippt zur Seite um, Blut aus dem Mund, lange rote Spritzer werden in der Sonne orange landen im weißen Sand. Der Freund hockt sich auf ihn und schlägt auf sein Gesicht ein. In seiner Raserei bekommt er einen Stein zu fassen, dickflüssige rote Lache neben Gingers Kopf. Dann steht er auf und dreht sich um, flüchtet den Strand entlang, die Freundin rennt hinterher. Jia und ich beeilen uns, Gingers Körper in die Umkleidekabine zu schleppen, bevor die Badegäste das Loch in seinem Kopf entdecken.

Nach dem Zenit sinkt unser Arbeitstempo im Takt mit der Sonne und passt besser zu meiner Dösigkeit. In meinem Kopf hämmert es, als wäre er die Schläfe des Strands, das Blut pumpt unter dem Sand. Die deutsche Frau verabschiedet sich und gibt mir ein gutes Trinkgeld, aber jetzt ist die Kälte, die sie nicht sehen konnte, durch meinen Rücken in mich hineingedrungen und zu einem Loch in meinem Inneren geworden. In den letzten Nachmittagsstunden halte ich oft inne, um die Dinge zu betrachten, die ich schön finde: Die Liegestühle, 480 in 24 Reihen à 20. Die Sonnenschirme, die wir im Verhältnis zu den Stühlen und nach dem Lauf der Sonne ausrichten. Die anderen Boys, die zwischen den Reihen ihrer Bereiche auf und ab laufen und bedienen. Das Meer, auf dem sich die Wellen türmen. Und es ist, als würde die Schönheit aller Dinge in meinen Körper übergehen und zu einem Schmerz werden, der das Loch offen hält. Ich denke: Das Meer ist schön ohne die Gabe, die ganze Zeit türkis und postkartenhaft zu bleiben. Schön ohne den Willen, die Schiffe zu schonen, die nachts auf ihm fahren. Ein unendlicher, flüssiger Stoff aus absoluter Fügsamkeit. Unter dieser Bedingung ist es hier. Und gleichzeitig weiß ich: Das Meer hat Seiten, die ich nicht sehen kann, und die Liegestühle und Sonnenschirme haben Seiten, die sich abwenden und mir den Rücken zukehren, und alle Boys haben ein Loch in ihrem Inneren.

Nachdem Manuel und ich uns umgezogen haben, Orange im Raum und die Sonne ein Fenster zum Meer Spritzer von dickflüssigem weißen Saft orange im poolblauen Bassin, tragen wir Gingers Körper an den Strand. Der Sand, das Meer und der Himmel sind gleich schwarz. Der Wind weht uns kalt ins Gesicht und sorgt dafür, dass die Fahnenstangen des Clubs knirschen und dass andere Dinge, die wir nicht zuordnen können, Geräusche machen, die sich mit dem Meeresrauschen vermischen. Die Liegestühle kommen zum Vorschein, während wir an ihnen vorbeigehen, einer nach dem anderen. Der Sand fegt um unsere nackten Beine. Ich trage Ginger an den Armen, Manuel greift seine Fesseln, und während wir mit dem Körper zwischen uns laufen, überkommt mich ein seltsames Gefühl. Es ist nicht romantisch oder zärtlich, denn es sitzt nicht konzentriert an einer bestimmten Stelle, im Bauch oder im Schritt, sondern in meinem ganzen Körper. Als ob ich im Umkleideraum in einen feinen Anzug geschlüpft wäre, einen kaum spürbaren, eng anliegenden Anzug, der aus der Gewissheit genäht ist, dass ich mit Manuel hier bin und ihn morgen wiedersehen werde.

Wir gehen in die Knie und legen Gingers Körper im Sand ab. Kurz darauf kommen Jia und die beiden anderen Boys mit sechs Eimern voll Wasser aus dem Bassin im Umkleideraum. An der Stelle, wo der Freund der Frau Gingers Schädel mit dem Stein zertrümmerte, graben wir die Kontur eines Körpers in den Sand und schütten den Inhalt der Eimer hinein. Hunderte kleiner weißer Spritzer schwimmen darin herum wie lebendes Wasser. Wir packen erneut die Arme und Beine und senken den Körper in die Wanne hinab. Das Wasser schwappt ein bisschen, bis es sich legt und Gingers Körper vollkommen bedeckt, eine dünne Schicht über Gesicht und Bauch. Es dampft in der kühlen Luft. In einem Fünfeck stecken wir fünf Sonnenschirme kopfüber in den Sand, bohren sie tief in die dickflüssigen Schichten hinein. Die letzten fünfzehn Zentimeter der Stiele, die herausragen, schmieren wir mit Nachsonne ein, bevor wir in die Knie gehen und unsere Hintern langsam darübergleiten lassen. Wir betrachten Gingers Körper, während Manuel mit monotoner Stimme singt:

*Wir glauben an Ginger / arbeiten stundenlang ohne Motiv und mit Geduld / im Loch in uns selbst / Unser Begehren nach Ginger wird losgelöst / von Ginger / und reist durch das Loch überwindet den größten / Abstand / bis es nicht mehr zu uns gehört / Wir glauben an Ginger ...*

Manuel wiederholt die Passage, und wir anderen stimmen nach und nach ein, während wir auf den Stielen wippen. Wir singen und betrachten Gingers Körper. Es dauert viele Stunden. Zwischendurch färbt sich der Dampf fluoreszierend blau, rot und lila. Ab und zu Spritzer von dickflüssigem weißen Saft, der im Wasser lebendig wird. Und als die Nachsonne und unsere Sekrete auf dem Stiel versiegen, setzt der Schmerz ein, und das Blut läuft. Die weißen Spritzer im Wasser legen sich auf

Gingers Haut und fließen zu einem geleeartigen Anzug zusammen: Die Umrisse des Körpers verschwimmen, der Körper flimmert. Ich kann meine eigene Stimme nicht mehr trennen von den Arschlöchern der anderen von dem Loch tiefer in mir durch das der Schmerz und das fremde Blut laufen durch die hohlen Sonnenschirmstile laufen und den Sand unter der Wanne aufweichen. Eine Lache aus Farbe verwirbelt vor unseren Knien. Dann sticht Manuels Stimme wie eine Dissonanz aus dem Chor heraus. Wir anderen stimmen versuchsweise ein, Silbe für Silbe, bis die Wörter Form annehmen und wir einstimmig singen:

*Begehren nach Ginger kehrt durch uns zurück / Begehren nach Ginger / wie er ist: die Lust, ihn zu erschaffen / Ginger / wie er ist / zu erschaffen / Beides wird eins.*

Das Wasser leuchtet und verändert seine Farbe von Blutrot zu Lila zu Orange gefüllt mit rosa Punkten. Ein wabernder Nebel in den gleichen Farben steigt daraus auf und verdichtet sich zu einer vagen Körperform mit einem Netz aus Adern. Jetzt wird eine leuchtende Erscheinung über der Wanne sichtbar. Und plötzlich wird mir bewusst, dass ich an den toten Ginger denke, nicht daran, dass er wieder lebendig wird, und im selben Moment sehe ich, wie die Erscheinung Fleisch wird und mit einem Platschen in die Wanne hinabfällt.

Anschließend gehen wir in eines der Frühcafés mit schmutzigen Kacheln und weißem Licht, wo die Bauarbeiter und Taxifahrer Kaffee trinken. Ich mag die Leute, die nachts arbeiten. Wir legen all unseren Verdienst in Jias Hände, der zum Tresen geht und Eier, Toast, Orangensaft davon kauft. Das Getränk mit dem Fruchtfleisch fühlt sich ganz kalt an in meinem Hals. In einer Schale auf dem Tisch liegen halbvergammelte Orangen, aus denen Manuel kleine Blumentiere schnitzt. »Und das ist Ginger!«, ruft Ginger und zerquetscht eine Orange im Aschenbecher, Spritzer von dünnem gelben Saft werden grau im künstlichen Licht landen auf den Kacheln. Wir lachen und stecken die Finger zwischen die Fangarme unseres jeweiligen Tieres, ziehen an dem langen, weißen Strunk, um zu sehen, wer den längsten hat, und müssen wieder lachen. Anschließend spielen wir ein Spiel, bei dem wir abwechselnd die Gäste des Klubs imitieren.

»Manuel?«, sage ich ins Dunkel hinein, als wir auf dem Rückweg sind.

»Was ist?«, fragt er. »Und nenn mich doch einfach Manu, die letzte Silbe ist irgendwie zu viel.«

»Manu, wie haben wir das mit Ginger gemacht?«

»Ginger hat selbst beschlossen, zu uns zurückzukommen.«

»Aber wie?«

»Ich weiß es nicht, so ist das nun mal. Die meisten möchten gerne zurückkommen, obwohl sie dann alles vergessen, was sie gesehen haben, während sie weg waren. Unter dieser Bedingung sind sie hier … Aber ich wohne da drüben.«

Er legt mir die Hand in den Nacken und drückt mich zärtlich, bevor er in eine staubige Straße mit Betongebäuden abbiegt, die genauso aussehen wie mein Wohnhaus. Er wünscht mir eine Gute Nacht und zwinkert mir zu, und als er mir den Rücken zudreht und sich entfernt, schrumpft er zu einer kleinen Katze und schlendert davon, und ich wäre so gern mit ihm gegangen, dann hätten wir wie zwei kleine Wildkatzen in seinem Bett liegen und reden können.

Ich gehe weiter und betrachte den Himmel zwischen Strom-kabeln. Er ist tief dunkelblau und gleichzeitig von einem klei-nen heimlichen Licht erleuchtet, weil die Sonne noch nicht da ist, aber über die Erdkrümmung hinweg flüstert, dass sie un-terwegs sei. Mein Gesicht schmerzt ein bisschen, eine leise Er-innerung an etwas Wichtiges, das am Strand passieren wird. Ein Raum, der hinter einem anderen Raum liegt. Es lohnt sich nicht mehr, nach Hause zu gehen, also suche ich mir eine Bank in der Nähe des Clubs, lege mich darauf und schlafe anderthalb Stunden. Ich träume, dass es Abend geworden ist, die Gäste aber noch nicht nach Hause gegangen sind. Sie liegen weiter-hin regungslos mit geschlossenen Augen oder mit Sonnenbril-len da, als hätten sie nicht verstanden, dass die Sonne unter-gegangen ist und die Temperatur gesunken. Dann wittern alle großen Wildkatzen die gebratene Haut, die in der kühlen Abendluft raucht, sie springen von den Bäumen am Strand-boulevard und reißen alle Gäste in Fetzen. Fleisch und Einge-weide hängen wie Girlanden über den Liegestühlen, 24 Reihen à 20.

Mein Gang ist aufrecht, mit einem leichten Schwung im Rücken wie ein Panther, aber ich setze ihn nur selten ein, denn ich bin ein Beach Boy. Ich habe gewissermaßen Manus Platz übernommen, weil er sich um die französische Dame mit dem Sonnenhut kümmert, und das schon seit drei Wochen. Sie zahlt ihm einen festen Tagessatz, und die beiden sind etwas eingegangen, was man wohl persönliche Beziehung nennt. Er lernt täglich zehn neue französische Wörter von ihr. Sie stellt ihm Fragen über sein Leben, auch über die Zeit vor dem Club. Sie ist wie ein Pool im eigenen Garten, sagt Manu, man benutzt ihn sowieso nicht, da kann man genauso gut seinen Müll und sein Gerümpel hineinwerfen. Wenn die Gäste mir auf der Eingangspromenade entgegenkommen, mache ich mich leer und gehe auf sie zu. LET ME AUTHENTICATE THAT FOR YOU, sage ich, wenn ich beispielsweise SCHMAL GEBAUTER MEXIKANISCHER BOY oder SKANDINAVISCHE REINHEIT in ihren Augen lese, aber nur im Stillen, und dann setze ich es um. Ich bin gut geworden, vielleicht sogar genauso gut wie Manu, und ich weiß, dass der Besitzer es bemerkt hat. Er hat einen zusätzlichen Boy eingestellt, und eines Abends nimmt er mich zur Seite, um zu fragen, ob ich mir was dazuverdienen wolle. Natürlich sage ich ja. Er gibt mir eine Tasche mit einer Videokamera und ein paar offiziellen Dokumenten. Er zeigt mir Fotos von einem jungen Paar und erklärt mir ausführlich, wie alles ablaufen soll. Er hat es sogar mit Schreibmaschinenschrift auf einem Blatt vermerkt, das ich im Bett mehrmals hintereinander lese, ehe ich einschlafe. Als der Mann und die Frau am nächsten Tag ankommen, sorge ich dafür, ihr persönlicher Boy zu werden, und mache alles genauso, wie der Besitzer es beschrieben hat, der Trick funktioniert, und am Ende habe ich die Aufnahmen im Kasten.

Am späten Nachmittag kehre ich in den Club zurück und finde Chaos vor, weil Manu in Embyronalstellung auf dem Bauch der französischen Dame kauert und der neue Boy zwei Bereiche auf einmal schaffen muss. Ich springe ihm sofort bei, und im Laufe der nächsten Stunde verteile ich Sonnencreme und Nachsonne auf so vielen Körpern, dass meine Hände ganz müde werden von all den Eindrücken: Glatte, harte Haut wie lackiertes Holz. Elastische, sonnengebräunte Haut mit Punkten, die sich wie eine Gardine um meine Finger schmiegt. Oder ein schwabbeliges, leicht fettiges Stück Rücken, aber mir ist das egal. Die Haut klebt, der Sand brennt, der Fuß der Frau schmeckte nach Orangenschale. Meine Nerven zittern, und ich schaffe es kaum, den Leuten zu antworten. Die anderen Boys sind hinter Sonnenschirmen und sonnengebräunten Händen verschwunden, die in der Luft nach mir winken: Ich renne hin und her, befächle Gesichter, creme Körper ein und hole Drinks. Ich bin erschöpft. Die Sonne scheint.

Als wir auf der Umkleidebank sitzen, orange funkelnde Messer in Orange die Sonne versunken in Booten und Meer, steht Manu auf und zieht mich ins Bassin. Heute ist das Licht anders, ein fluoreszierender, blauer Nebel, der meine Haut straff und schleimig macht.

»Ich bin nicht sauer«, sagt er und umarmt mich von hinten. Wir liegen Rücken an Bauch, das Wasser bedeckt die Hälfte meines Gesichts. Manu hält mich in den Armen, presst sich aber gleichzeitig ein bisschen in mich hinein, das Gesicht zwischen meine Schulterblätter und die Knie an meine Oberschenkel, vielleicht halte auch ich ihn. Viele Stunden vergehen. Ich spüre die verschiedenen Teile seines Körpers nicht mehr, Brust, Stirn, Arme, Füße, er ist nur noch eine kleine Garnele auf meinem Rücken. Die anderen Boys befinden sich auch irgendwo im Bassin. Wir sind alle sehr klein. Ich hätte Lust zu weinen. Ich atme durch mein linkes Nasenloch über dem Wasser ein und durch das andere unter dem Wasser aus. Ich schließe mein linkes Auge und halte das andere geöffnet, sodass die Wasseroberfläche zu einem Deckel auf der Welt wird. Die Sauerstoffblasen aus meinem Nasenloch gleichen Wildkatzen, die wieder und wieder nach oben springen, aber zerplatzen, sobald sie die Oberfläche erreichen. Als könnten sie nur im Abstand zu ihr existieren. Dann sind sie wiederum verrückt und ausgelassen und ein bisschen lustig. Plötzlich bekomme ich Wasser ins linke Nasenloch, der Wasserspiegel ist gestiegen, ich huste. Ich setze mich auf und betrachte Manu, der daliegt und lautlos weint.

»Manu«, sage ich. »Manu, wollen wir jetzt nicht nach Hause gehen, zusammen, ich bin so müde?«

»Geh du ruhig nach Hause«, antwortet er, ohne mich anzusehen, mit einem Auge über und einem unter dem Wasser. »Ich möchte gern noch ein bisschen hierbleiben.«


Wir wollten den Strandclub gerade verlassen, als der Junge mit den schönen grünen Augen, der uns Wasser und Snacks gebracht und uns ständig gefragt hatte, ob wir noch etwas bräuchten, mit einer Tasche über der Schulter hinter uns herrannte. Er fragte höflich, ob er uns etwas erzählen dürfe, was ihm auf dem Herzen liege, und wenn es uns nicht interessiere, würde er uns gleich wieder gehen lassen. Natürlich willigten wir ein.

Er sei nicht nur ein Beach Boy, damit verdiene er sich nur den Lebensunterhalt, sondern studiere auch Film hier in Cancún und hätte bald ein wichtiges Examen. Er zog Dokumente aus der Tasche, einen Perso und ein paar Schulzeugnisse, und sagte, wenn es gut laufe, könne er ein Stipendium für eine der besten Filmschulen in den USA bekommen, in Los Angeles oder New York, glaube ich, ich erinnere mich nicht mehr genau. Vielleicht war es auch Texas. Ganz leise und ruhig erzählte er von seiner Examensaufgabe, die darin bestand, ein paar ganz kurze Alltagsszenen zu filmen, in denen er selbst die Hauptrolle spielte, es werde höchstens eine Stunde dauern. Er brauche nur noch ein paar Statisten.

Lasse und ich blickten uns lachend an, »Nee, das wollen wir nicht wirklich, oder?«, fragte er. »Nein, auf keinen Fall, Lasse«, antwortete ich. »Aber Melanie hätte bestimmt ja gesagt, oder?«, fragte er. Wir hatten Melanie auf einer Reise kennengelernt, sie war etwa dreißig, eine wahnsinnig coole Frau, die uns schwer beeindruckte. Sie hatte keine Arbeit, auch kein Zuhause, und tat nichts anderes, als zu reisen. Wir waren ungeheuer fasziniert von ihrem Leben.

Dann sagte der Junge, er könne es gut verstehen, wenn wir denken würden: Warum fragst du nicht einfach ein paar von deinen mexikanischen Freunden, ob sie dir helfen? Aber die würden nur über ihn lachen, wohingegen Leute aus der westlichen Welt generell offener für so etwas seien und verstehen könnten, wenn man für etwas brenne. Ich lächelte ihn an und sagte, na gut, was könne schon passieren.

Wir folgten ihm in das Hotel auf der gegenüberliegenden Seite des Strandboulevards. Im Grunde sah es unbewohnbar aus, ein großes Steinhaus mit rissigen und feuchten Wänden, kalt und menschenleer. Eigentlich hatte ich ziemliche Angst, wollte Lasse aber nichts davon sagen, deshalb kicherte ich nur ein bisschen. Inzwischen weiß ich, dass man immer seiner Intuition folgen sollte, auch wenn sie furchtgetrieben ist, denn sonst steigt man noch in irgendein Auto, das einen an einen merkwürdigen Ort bringt. Und selbst wenn man nicht mitfährt, vielleicht bleibt man auf dem Bürgersteig stehen, befindet sich der Körper trotzdem im Auto, und wenn man nachher daran denkt, was passiert ist, durchlebt man es als die negativen Gefühle einer anderen Person, dabei muss man sie letzten Endes doch selbst empfinden, man kann seinen Körper nie ganz verlassen. Jedenfalls folgten wir dem Jungen in den zweiten Stock und in sein Zimmer hinein. Er ging auf den Balkon und stellte zwei weiße Plastikstühle hinaus, mit Aussicht aufs Meer. Ich war erleichtert, dass wir hier sitzen sollten, denn so konnte ich immer noch übers Geländer springen, falls der Junge gefährlich werden sollte. Er holte seine Kamera hervor und positionierte sie ein Stück entfernt im Wohnzimmer auf einem Stuhl, sodass sie mich und Lasse durch die Schiebetür filmte.

Der Junge drückte auf *record* und ging vor uns auf alle viere. Erst wolle er einen Tisch spielen, erklärte er, wir sollten einfach nur unsere Füße auf seinen Rücken legen und ein bisschen über unsere Zeit hier in Mexiko reden. Wir taten es, auf Englisch, während wir auf das Meer blickten. Anschließend wollte er einen Hund spielen. Er stellte sich hinter die Kamera und sagte uns, wie wir ihn rufen sollten, irgendein Hundename, Tikki, glaube ich, und dann krabbelte er auf allen vieren zu uns hinaus und um unsere Beine herum. Wir sollten so tun, als würden wir ihn kaum bemerken, ihn ein bisschen mit den Füßen wegschieben und ganz normal weiterreden. Dann sollten wir ihn wieder rufen und ihn bitten, den Boden zu putzen. Er kam mit einem nassen Lappen heraus und rieb auch unsere Füße damit ab, die Kacheln strahlten.

Die einzelnen Szenen dauerten nicht länger als 2–4 Minuten, und anschließend trat er wieder hinter die Kamera und erklärte uns, was als Nächstes passieren würde. Jetzt fragte er Lasse, ob es okay sei, wenn er uns die Füße leckte, sie so sauberzumachen, wäre schließlich hundemäßiger. »Äh ... ja«, antwortete Lasse, und der Junge krabbelte herbei. Erst leckte er Lasse die Füße, ganz ruhig, den Spann auf und ab, aber als er zu mir kam, hatte ich das Gefühl, er wollte den ganzen Fuß verschlingen! Seine Zunge war heiß und kitzelte zwischen meinen Zehen, ich kicherte albern und konnte meine Rolle nicht ernst nehmen. Er reichte Lasse die Kamera und fragte, ob er nicht Lust habe, auch ein bisschen zu filmen. Jetzt sollte ich den Jungen an der Leine halten (aus einem T-Shirt geformt, das er sich um den Hals band, und ich sollte das andere Ende nehmen) und ihm befehlen, Sachen zu machen, Hundesachen. Er hörte nicht auf, meine Zehen abzulecken und sie in den Mund zu nehmen. Immer wieder zog ich den Fuß zu mir und lachte zu Lasse hinüber, konnte ihn hinter der Kamera aber nicht sehen. Die Linse glich einem Spion in einer Metalltür. Jetzt wollte der Junge, dass ich ihn als Tisch benutzte, obwohl er ein Hund war. Ich sollte ihn ausschimpfen und gemeine Dinge zu ihm sagen. »Bad mexican dog.« Ich versuchte, mich in die Rolle einzuleben, aber er unterbrach mich und bat mich, ihn fester zu treten und zu sagen, ich könne Mexikaner nicht ausstehen. Das wollte ich aber nicht, und ich war kurz vorm Heulen, also sagte ich zu Lasse: »Schatz, jetzt wird es mir wirklich zu viel. Erklär ihm doch bitte, dass wir nicht mehr mitmachen wollen.« Lasse filmte noch ein paar Sekunden weiter, bevor er dem Jungen die Kamera zurückgab und sagte, wir müssten jetzt weiter und er hätte doch inzwischen bestimmt einige gute Aufnahmen. Lasse war etwa zwei

Köpfe größer als der Junge und legte wortlos eine Hand auf seine Schulter. Der Junge bedankte sich vielmals und sagte, er würde in zwei Minuten wieder runterkommen und mit uns einen Kaffee trinken.

Wir sahen zu, dass wir wegkamen. Lasse lachte und sagte, wie schön, so saubere Füße zu haben. Ich erwiderte, ich würde mich ein wenig gedemütigt fühlen und lieber nicht darüber sprechen. In der Lobby unseres Hotels liefen wir Melanie in die Arme und wollten ihr eigentlich nichts erzählen, aber dann konnte ich es doch nicht für mich behalten und sagte zu Lasse: »Erzähl ihr, was wir gerade erlebt haben.«

Melanie war total schockiert. Das hätte sie nie gemacht!

# Rachel, Nevada

Und dann hielt sie ihm die Wange hin. Noch bevor der Zug losrollte, ließ Fay ihre winkende Hand in den Schoß sinken und starrte vor sich auf die leeren Sitze im Abteil. Antonio stand auf dem sonnenverblichenen Holz des Bahnsteigs an der Bundesstraße 375, sah sie Richtung Alamo in der Wüste verschwinden und sagte zu sich: Sie gehört zu den Menschen, die immer geliebt werden. Er war frustriert, weil er seit fast sieben Jahren ohne ihre Töchter nicht anders leben konnte als in Einsamkeit. Wohingegen sie, selbst wenn sie allein und von großer Trauer erfüllt war, immer versuchte, Anschluss zu finden. Ich freue mich so darauf, unter Müttern und Töchtern zu sein, hatte sie gesagt, als sie die Konzertkarten kaufte. Und sowie sich der Zug in Bewegung setzte, waren sie da, bei ihr, ihr Gesicht wurde von jenem Licht erhellt, das er bereits von ihren tagelangen Meditationen im Wohnzimmer kannte. Sie bekam einen kristallisch seligen Ausdruck, als wären ihre Organe nach und nach durch kleine Glassplitter ersetzt worden, in denen sich das Tageslicht brach. Sie war dreiundachtzig, und man sollte glauben, ihre Knochen würden allmählich morsch.

Antonios Knochen waren morsch, so fühlte es sich jedenfalls an; als hätte er seit der letzten Eiszeit untätig in dieser basischen Wüste herumgelegen. Er ging mit langsamen, verkürzten Schritten, hob sorgsam die Füße, um nicht über einen Stein oder über das Wurzelgeflecht eines ausgedörrten Salzbuschs zu stolpern. Seine Knie knirschten und strahlten einen kalkartigen Schmerz bis in die Hüften aus. Mit der Bundesstraße im

Rücken und der sinkenden, gelben Sonne im rechten Augenwinkel kam er erst am Little A'Lee'Inn vorbei und dann an den zweiundvierzig Häusern des Ortes, die meisten davon mobil, weshalb er Rachel immer als eine Art Lager oder Siedlung betrachtete, von einer ständigen Ankunftsstimmung geprägt. Vor sechs Jahren, kurz nachdem sie ihre Töchter beerdigt hatten, die innerhalb von nur anderthalb Jahren beide an Krebs gestorben waren, hatten Fay und Antonio ihre Wohnung in Boston verkauft und ein Wohnmobil erstanden, um den Kontinent zu bereisen. Die Initiative war von Fay ausgegangen; wenn wir ohne sie weiterleben wollen, müssen wir als Erstes herausfinden *wo*, hatte sie gesagt und Antonio aus dem Bett gezogen. Er war mutlos gewesen und hatte Angst gehabt, hinter dem Steuer einzuschlafen, und so hatte Fay den größten Teil der Strecke fahren müssen, durch Ohio, Indiana, Kansas, Colorado, bis die Fahrt durch die Wüstegebiete Nevadas selbst zu einer Art Schlaf wurde. Irgendetwas an Rachel – weniger seine Abgeschiedenheit als vielmehr ein besonderes, erweitertes Zeitempfinden, das in den endlosen Buschsteppen ebenso sehr zu spüren war wie im örtlichen UFO-Verein, wo man, bei allem Eifer, etwas Neues beobachten zu wollen, in erster Linie *wartete und sah* –, etwas an dieser ausgedehnten Gegenwart hatte ihnen beiden das klare Gefühl gegeben, hier müssten sie anhalten und ihren Lebensabend verbringen. Fay war ins Little A'Lee'Inn gegangen und hatte sich sofort dem Verein angeschlossen. Antonio war in die Wüste gegangen, so wie jetzt auch: Anstatt in ihrem Wohnmobil am Ende der sandigen Ortsstraße zu warten, bis Fay vom Konzert wiederkam, klemmte er einen Zettel in den Türschlitz und setzte seinen Weg fort in die Steppe. Sie erstreckte sich mattbraun vom Kahlköpfigen Berg schräg im Südosten bis zur nächsten Bergkette dreißig

Kilometer im Westen. Dort waren die Berge schwarz von ihren eigenen Schatten, der Himmel über ihnen orange zwischen grau-lila Wolken, und dahinter begann eine neue Steppe, von Bergketten gesäumt, die von Norden nach Süden verliefen. So setzte sich die Landschaft immer weiter fort bis zur Sierra Nevada; zerklüftet von Wasserläufen und Salzseen, doch ohne eine einzige Verbindung zum Meer, und so war sie schon ab den achthundert Kilometer entfernten Rocky Mountains im Osten. Der Gedanke löste bei Antonio denselben Schwindel und Trotz aus wie bei den Entdeckungsreisenden, in deren Tagebüchern er mit großer Einfühlung las, wie sie auf der Suche nach dem Buenaventura-Fluss, der angeblich quer durch diese Landschaft floss, die Wüste plattgeritten hatten. Die Vorstellung des Großen Beckens, dieser weitläufigen Wüste ohne jeden Handelsweg, war allzu unversöhnlich; sie wollte ihnen einfach nicht in den Kopf hinein.

Antonio schlug die Augen auf und konnte sich nicht erinnern, dass er sich in der Steppe hingesetzt hatte. Das geschah dieser Tage oft – dass er von der Erde angezogen wurde, in einen Schlummer hinein, der ihn jederzeit überkommen konnte. Eine mineralische Dunkelheit, die in ihm aufwallte, fest wurde und kristallisierte. Er kam auf die Beine und vertrieb die Bilder aus seinem Kopf, ließ Rachel noch weiter hinter sich, schaltete seine Taschenlampe ein. Die Erde war bleich und steinig und hin und wieder von gelben Gräsern, Beifuß und Schlangenknöterich bewachsen. Es gab keine Geräusche, nur den Wind, der über die Steppe strich, ein kalter Zug im Gesicht und am Hals. In manchen Nächten konnte man die kleinen Passagiermaschinen hören, die Armeeangehörige zum zwanzig Kilometer entfernt in der Wüste liegenden Areal 51 und wieder zurück transportierten. Oder einen Düsenjäger auf Übungsflug, der die Schallmauer durchbrach und krachende Schockwellen durch die Luft schickte. Andere Male schossen die UFO-Enthusiasten mit ihren LED-Taschenlampen Leuchtsignale in den Himmel und hofften auf eine Kontaktaufnahme. Dort draußen lag die Wahrheit.

Aber nicht in dieser Nacht. Antonio erreichte den Fuß des Kahlköpfigen Bergs, stapfte den ersten Höhenzug hinauf bis zu der Stelle, wo die Felswand fast senkrecht aufragte, und ging weiter an ihr entlang. Währenddessen ließ er seine Finger über ihre mal glatte, mal gerillte und gezackte Oberfläche mit all den fossilen Unebenheiten gleiten; eine uralte Collage. Die Geologen vermuteten, ein Meteorit sei in dem seichten Wasser eingeschlagen, das vor rund dreihundertsiebzig Millionen Jahren die gesamte Ebene bedeckt hatte. Die Felswand endete, Antonio folgte der Richtung, die sie ihm gewiesen hatte, ging den Hang hinab und ein paar hundert Meter weiter. Dann begann die Steppe in der Dunkelheit vor ihm abzufallen. Mit seinem Lichtkegel suchte und fand er die Plane am Rande des Hangs, machte sie los und zog eine Autobatterie und einen limettengrünen Rollkoffer darunter hervor.

Pfeilschnelles Sirren von Strom über eine mittlere Distanz, dann wurde der ausgetrocknete See schwach von Lampen erleuchtet, die ringsum am Ufer montiert waren. Der Seeboden lag ein paar Meter tiefer, ganz eben und weiß von dem Salz, das sich Schicht für Schicht darauf abgelagert hatte. Mit dem Rollkoffer in der Hand stieg Antonio die kleine Böschung hinab und steuerte auf den Sender in der Mitte des Sees zu. Im nächsten Moment setzte ein Kriechen und Krabbeln ein, das Halbdunkel pulsierte, und nach und nach traten einzelne Organismen daraus hervor: Erst die gakeligen Kreosotbüsche, die nach Regen rochen und in dieser nördlichen Wüste gar nicht hätten wachsen dürfen; der Wind musste die Schreie des Senders zu ihnen getragen und sie aus der Mojave-Wüste angelockt haben. Dann der Beifuß und der Knöterich und die immergrünen Gänsefüße, die sich normalerweise am Ufer hielten. Einige Pflanzen waren ganz in die Nähe des Senders vorgedrungen, wo sich auch die Tiere aufhielten. In einem verfilzten Knäuel aus Fell und Schnauzen schoben sie sich aneinander vorbei, ein Mufflon, drei Gabelböcke und eine Flut von Präriehasen, Kaninchen, Rattenkängurus und anderen unbestimmbaren Pelztieren, die sich allesamt an den Sender schmiegten.

Der Sender hatte alles Leben, das sich um ihn scharte, so vollkommen in sich integriert, dass man, selbst wenn man nur die Tiere und Pflanzen sah, auch ihn darin sah. Und auf diese Weise war der Sender im Grunde nichts anderes als die Versammlung, zu der er Anlass gab, versuchte Antonio sich selbst zu sagen. Trotzdem verspürte er das Bedürfnis, den Sender dort drinnen hinter dem ganzen Fell zu lokalisieren, sein Blick wanderte ständig hinauf zu einer Höhe von anderthalb Metern, wo zwischen Eidechsen immer noch ein Stück Oberfläche hervorschaute und den Umfang erahnen ließ: etwa zwei Meter hoch und vielleicht halb so breit wie ein gekippter Heuballen, oben jedoch abgerundet. Als er den Sender vor fast drei Jahren gefunden hatte, war dessen Anblick – abgesehen von einer durch den Aufprall auf den Wüstenboden entstandenen Beule – ziemlich formvollendet und aerodynamisch gewesen, kohlrabenschwarz und glatt, ein Objekt, das ohne jede Erinnerung an all die Materialien, auf die es traf, durch die Welt rauschen sollte. Jetzt war er von einem grünlich weißen Pilz bewachsen, der sich mit seiner Oberfläche verbunden und diese schwammig und porös gemacht hatte. Ihre schorfige, luftdurchlässige Beschaffenheit wirkte, als könnte man geradewegs die Hand hindurchstecken; Antonio hatte es einmal versucht, war aber nur bis zu den Fingerknöcheln gekommen. Hinter der äußersten, symbiotischen Schicht bewahrte der Sender also doch etwas von seiner ursprünglichen metallischen Beschaffenheit.

Aber es war ein bereitwilliges Metall. Unten hatte es dem ständigen Anschmiegen der Pelztiere nachgegeben, hatte seine Masse so umverteilt, dass kleine Vertiefungen und weiche Nischen entstanden waren, in die sich Kaninchen und Rattenkängurus kauerten. Auf der Kuppe bauten Brachvögel und Schnepfen ihre Nester, und am Boden hatte sich das Metall ausgeweitet und eine Rinne gebildet, die so viel Wasser enthielt, dass dort ein Schwarm Elfengarnelen aus seinem Schlummerlaich geschlüpft war.

Antonio hatte den Sender vor drei Jahren während einer Kaninchenjagd noch tiefer in der Wüste entdeckt und damals lieber die Finger davon gelassen. Er musste aus dem Areal 51 stammen, Niederschlag von irgendeinem gescheiterten Testflug, und Antonio wollte in nichts hineingezogen werden. Welche Form der Militärforschung auch immer dort hinter den Zäunen betrieben wurde – ihre Geheimhaltung war auf jeden Fall wichtig genug, um unverzüglich zehn Mann in Kampfmontur loszuschicken, sobald sich jemand dem Gelände in einem Radius von weniger als vier Kilometern näherte. Später an jenem Tag hatte er vor dem wöchentlichen Treffen des UFO-Vereins im Little A'Lee'Inn mit Fay zu Abend gegessen. Ob er ihr von dem Sender erzählen sollte? Hier bot sich ihm die Chance, Fay und sich von den anderen zu isolieren, nur sie beide in der Wüste, allein, zusammen; aber sie würde sicher darauf bestehen, dass sein Fund dem Club und allen anderen zustehe, die nach Zeichen fremden Lebens suchten. Also fuhr er, während sie das Treffen besuchte, erneut in die Wüste, hob den Sender auf die Ladefläche seines Pick-ups und transportierte ihn vorsichtig weg vom Areal 51, bis zum ausgetrockneten See am Fuß des Kahlköpfigen Bergs. Fünf Tage darauf kehrte er zurück, und als er den Gebirgskamm passierte und sah, dass der Sender von Vögeln und Pelztieren umringt worden war, stieß er einen lauten Schrei aus. Und er sah, wie sich die Körper der Tiere in dem Moment spannten und für eine Sekunde über dem weißen Seeboden schwebten. Er hörte den einstimmigen Klang, der aus seinem eigenen Schrei und dem des Senders entstand: dunkel und zugleich klar, ein metallischer Ton, der in sich jedoch dissonant war. Mit einem wohligen Schauer spürte Antonio, wie sich mit tektonischer Langsamkeit ein formloses, wüstenhaftes Leben in ihm entfaltete. Dann sanken die Tiere wieder zu Boden und wurden beweglich, begannen sich wie zuvor an den Sender zu kuscheln. Irgendetwas veranlasste ihn zu der Vermutung, man hätte den Sender vom Areal 51 ins All geschickt, um mit dessen Schrei fremde Wesen anzulocken, und nun, da er abgestürzt war, riefe er stattdessen nach den Aliens dieser Erde: Beuteltiere, Watvögel, Wildkaninchen und gehörnte Wiederkäuer, uralte Arten mit Erinnerungen an eine Zeit vor der Besiedlung der Erde. Für Antonio war es jedoch nicht von Bedeutung, wo der Sender herkam und welchen Zweck er erfüllte, alle Theorien wirkten überflüssig. Tief in seiner Lunge spürte er noch immer den Schrei, der seiner Kehle erst vor kurzem entfahren war und der genau wie der Schrei des Senders gar nicht mehr hatte enden wollen. Und er spürte das fremde Leben, das sich in ihm regte und das zugleich im Tageslicht auf dem Seeboden anschwoll. Es war, als hätte das Gefühl, vollkommen von allen anderen getrennt zu sein, das ihn seit dem Tod seiner Töchter begleitete, eine Stimme erhalten und wäre endlich zu etwas Eigenem geworden, einer atemlosen, metallischen Sehnsucht. Seither wollte er selbst zum Sender werden.

Jetzt, drei Jahre später, war er endlich bereit, die Operation durchzuführen. Fünf Meter vom Sender entfernt parkte er seinen limettengrünen Rollkoffer, öffnete den Reißverschluss und sortierte seine Instrumente: die Skalpelle, das Mundstück und die Löffel, die im Schrei erzitterten. Fay musste in diesem Moment durch die Berge fahren, die Las Vegas im Norden einrahmten, dachte er, er verfolgte den Fortschritt des Zuges auf einer Karte in seinem Kopf. Was sah sie wohl gerade? Je näher seine Transformation rückte, desto mehr wünschte er sich, desto konzentrierter bat er darum, dass sie bereits wusste, was er tat, noch bevor sie nach Hause zurückkehrte und seinen Zettel im Türschlitz fand. Seine Angst davor, sich selbst zu verlieren, war so groß, dass er den Eingriff nur durchführen konnte, wenn er sich vorstellte, sie wäre dabei und hielte seine Hand. Und gleichzeitig war er gezwungen, allein zu sein, um hierherzukommen und sein Vorhaben umzusetzen. So erging es ihm seit dem Tod seiner Töchter ständig: Er hatte ein solches Bedürfnis danach, allein zu sein, am liebsten an einem verlassenen Ort, und sobald er dort angekommen war, sehnte er sich nach Fay und wollte sie bei sich haben. Sie hatte in ihrer Beziehung immer ruhig und furchtlos gewirkt, als wäre ihr Bedürfnis nach dem Ichsein nicht so groß, dass es von der Zweisamkeit gedemütigt werden konnte. Mit derselben Demut begegnete sie auch anderen Menschen, wie damals, als sie sich in Rachel niederließen. Obwohl sie sich nie für Wesen aus dem All interessiert hatte, kam sie unvoreingenommen ins Little A'Lee'Inn, lauschte den Geschichten der Leute, nahm an den wöchentlichen Treffen und Exkursionen des UFO-Vereins teil, beschäftigte sich sogar im Selbststudium mit den verschiedenen Erscheinungsformen von Außerirdischen in der modernen westlichen Kultur. Du darfst den Wahrheitsgehalt solcher Mythen nicht unterschätzen, sagte sie zu Antonio, der über diese *freakshow* nur lachen konnte; traurig und frustriert, wie er war, eine weitere Nacht allein im Wohnmobil verbringen zu müssen, während sie mit anderen Leuten durch die Wüste streifte. Er wurde das Gefühl nicht los, sie wäre ihm und der Trauer untreu. Aber das sind doch alles nur Projektionen und wirtschaftliche Interessen, entgegnete er ihr und nannte als Beispiel Joe Travis, den Besitzer des Little A'Lee'Inn, der nach eigener Aussage erst an Aliens glaubte, seit sie sich als gutes Geschäft erwiesen hatten, und der außerdem der Meinung war, die Außerirdischen würden mit der Regierung und der UN unter einer Decke stecken, um den Bürgern das Recht auf Waffenbesitz zu entziehen, und so ihre eigene Invasion vorbereiten. Oder die vielen arbeitslosen Prediger in dieser Gegend, die plötzlich zu Medien für Wesen aus anderen Sonnensystemen geworden waren. Oder die selbsternannten Ufologen, zu denen gut die Hälfte der Einwohner Rachels zählten, darunter auch Joe Travis' Sohn Chris, der sich mit den zahlreichen Tierverstümmelungen beschäftigte, die in diesem Gebiet vorkamen. Pferde- und Kuhkadaver, die mit herausgeschnittenen Augen, Zungen und Geschlechtsorganen gefunden wurden. In vielen Fällen war außerdem das Rektum entfernt worden, indem man einen scharfgeschliffenen, sechseckigen Pfropfen in den Anus eingeführt und mitsamt Fleisch und Gedärm wieder herausgezogen hatte. Mitunter fehlten auch Wirbelsäule oder Gehirn, das variierte von Fall zu Fall, als würden die Aliens eine Sammlung zusammenstellen, um unsere Arten auf ihrem eigenen Planeten nachzubilden, so Chris' Theorie. Dabei deutet ja Vieles auf ihn hin, sagte Antonio. Schon die Tatsache, dass er die Tiere oft vor den Ranch-Besitzern findet oder sich rein zufällig schon in der Nähe des Tatorts aufhält, wenn sie ihn anrufen. Es ist doch offensichtlich, dass *er selbst die Tiere schändet,* aber das begreift niemand, weil der Hauptverdächtige einer dieser Außerirdischen skandinavischen Typs ist, über die Chris so viel spricht. In Chris' Fall, meinte Antonio, seien die UFOs nur eine ferne Fiktion, die es ihm erlaube, Verbrechen zu begehen und auch noch daran zu verdienen, indem er von den außerirdischen Tätern schöne, impressionistische Phantombilder male, die er in der Bar seines Vaters ausstelle und verkaufe. Wow, sagte Fay mit einem tiefen und langgezogenen Seufzer, du glaubst wirklich gar nicht an den Glauben der Menschen, oder? Ist dir eigentlich nicht aufgefallen, wie die Leute hier, ehrliche Leute wie Joe Travis und ich, nächtelang in den Himmel starren und auf Radiosignale horchen? Ist dir nicht aufgefallen, dass die Leute Aliens malen und Bücher über sie schreiben und Musik über sie machen? Sie tun viel mehr als nur das Nötige. Außerdem wollen die Touristen heutzutage auch Beweise haben, bevor sie extra anreisen. Und deshalb ist es doch nur gut, dass wir tatsächlich etwas *sehen,* sagte sie und zählte all die Beobachtungen auf, die er selbst auch gemacht hatte: ein unbestimmbares Licht von einer solchen Farbe und Intensität, dass es nicht von den Sternen kommen konnte. Ein Flugobjekt, das sich merkwürdig zitternd und ruckartig am Himmel entlangbewegte, frei von jener glatten Kontinuität, die unsere menschliche Technologie kennzeichnete. Und dann diese unerklärlichen Flugzeugcrashs, die alle halbe Jahre in der Nähe von Rachel geschahen, zuletzt vor ein paar Monaten. Jedes Mal war das Militär schon nach wenigen Minuten an der Absturzstelle gewesen, hatte sie abgesperrt und die Erde innerhalb von ein oder zwei Tagen von sämtlichen Wrackteilen bereinigt.

Antonio schlug die Augen auf. Schockiert darüber, erneut eingedöst zu sein, blickte er an sich herab und in alle Richtungen, als wäre jemand da gewesen und hätte ihm im Schlaf etwas angetan. Alles war wie immer, der Seeboden schimmerte golden weiß im Schein der Lampen, die Büsche reckten sich und zogen ihre Wurzeln in Richtung des Senders. Die Säugetiere pressten sich auf ihre eigenartig geduldige Weise an ihn; lautlos bis auf ihren pelzigen Atem. Antonio konnte die Leute verstehen, die glaubten, sie wären von Außerirdischen *gezappt* und irgendwelchen Experimenten oder sexuellen Übergriffen ausgesetzt worden. Dieses alarmierende Gefühl eines Kontinuitätsbruchs, der ohne das eigene Wissen stattgefunden hatte; plötzlich hinter dem Steuer hochzuschrecken, kurz bevor man in ein anderes Auto kracht. Oder die bedrohten Elefanten, die in Tierfilmen plötzlich ganz benebelt und mit einer seltsamen Kette um den Hals aufwachten. Wenn jemand an Außerirdische glauben musste, dann Elefanten.

Antonio kam auf die Beine und vertrieb die Bilder aus seinem Kopf. Jetzt war der Moment gekommen. Fay musste sich mittlerweile in der Konzerthalle zwischen Müttern und Töchtern befinden und darauf warten, dass Karen Ruthio, die Wanderin aus den Wüstenstaaten, auf die Bühne trat. Er stellte den Koffer hochkant, breitete einen Bogen Papiertischdecke darüber und platzierte die Instrumente neben seiner rechten Hand. Wie sie so dalagen, wirkten die Skalpelle vollkommen gleichgültig gegenüber dem Schmerz, den sie ihm bald zufügen würden. Das sagte Antonio sich selbst, während er das größte von ihnen ergriff: Dass es für das Metall kein gewaltsames Erlebnis wäre, sondern lediglich die Begegnung mit einem nachgiebigeren Material mit höherem Flüssigkeitsgehalt. Ihm lief der kalte Schweiß herunter, und jeder Muskel zitterte. Natürlich wehrte sich der Körper, aber darauf konnte er keine Rücksicht nehmen. Wenn er den Eingriff durchführte, musste er es mit der Bereitschaft tun, in einen Zustand einzutreten, den er in seinem derzeitigen Stadium nur als bedrohlich auffassen konnte. Die Transformation erforderte, dass er sich von sich selbst distanzierte, seinen Körper nicht weiter beachtete. Mit dem Zeige- und Mittelfinger der linken Hand ertastete er die beiden harten Knorpelspangen direkt unterhalb seiner Kehle, spannte die Haut zwischen ihnen und setzte einen Längsschnitt. Die Haut öffnete sich mit einer leichten Verzögerung, als müsste sie sich des Schnittes bewusst werden, erst dann kamen das Blut und schließlich der Schmerz: süß, säuerlich und warm. Er schmeckte ihn ebenso stark, wie er ihn in seinen Nervenbahnen spürte. Mit einem etwas kleineren Skalpell schnitt er vorsichtig abwärts und in die Tiefe hinein, durch Blutgefäße und Fettgewebe, während er die Wunde mit dem Löffel in seiner linken Hand offen hielt. Ein brennender Schmerz jagte in heißen Strahlen durch seinen Hals. Doch obwohl er sich vorstellte, es wäre der Hals eines anderen, hatte es etwas Unmögliches, das Messer zu führen, etwas Unwirkliches, so zielstrebig durch Schicht für Schicht menschlichen Fleisches zu schneiden. Er musste mit seinen arbeitenden Händen gleichzeitig auch nach etwas Zukünftigem greifen, musste sie aufhalten, als wolle er Regentropfen auffangen, und all seinen Mut daraus ziehen. Es war ein Gefühl, als würde er die Arbeit in die Hände eines anderen legen. Und plötzlich sprang seine von Knorpelspangen geriffelte, geweitete Luftröhre aus dem glitschigen Fleisch hervor.

Durch eine dünne Wand den eigenen Atem zu spüren, der unter dem Zeigefinger auf und ab strömte, und den beinahe elektrischen Schmerz in den durchtrennten Nervenfasern und Blutgefäßen – all das erfüllte ihn mit einer seltsam lebendigen Übelkeit, einem Appetit, wie er ihn nicht mehr gespürt hatte, seit er jung war. Der Wind blies direkt in die offene Wunde, kraftvoll wie Wasser.

Er hob den Kopf und betrachtete den Sender, so wie Fay und die anderen im Publikum gerade Karen Ruthio betrachteten, wie konnte eine solche Stimme aus einer Neunundsiebzigjährigen kommen? Der Schrei war immer noch ein Mysterium für ihn, dieser dunkle, metallische Ton, der wie eine Dissonanz in sich klang, als wäre er nicht auf die Welt abgestimmt. Seit jenem Tag vor bald drei Jahren, als er plötzlich in seiner Kehle erzittert war, hatte Antonio den Schrei nicht mehr ausstoßen können. Er lag nicht außerhalb des Spektrums seiner Stimmlippen, aber irgendwo in der Tiefe zwischen zwei Frequenzen verborgen, in einem geheimen Zwischenraum, der mit der Logik brach, nach der sie sich immer bewegt hatten. Eines Tages vor fast einem Jahr hatte sich Antonio, nachdem er stundenlang vergebens den Sender angeschrien hatte, zwischen die Pelztiere gedrängt und seine Stirn an die Oberfläche gelehnt. Durch die äußerste Pilzschicht hatte er eine schwache Vibration wahrgenommen, die ebenso metallisch und tief war wie der Schrei, und plötzlich gewusst, dass er einen Teil dieses Materials in sich haben musste. Dass der Schrei nur durch den besonderen Stoff des Senders hervorgebracht werden konnte, der formbar und zugleich sehr hart war. Mit seinem Winkelschleifer hatte er ein kleines Stück herausgetrennt und die Augen beim Anblick der Kristalle zusammengekniffen, als diese sich im Querschnitt offenbarten: etwa einen Zentimeter groß, in klargrünen und zitronengelben Farben leuchtend, die durch eine sehr langsame Abkühlung entstanden sein mussten. Etwas an der Art und Weise, wie der Stoff unter dem Bunsenbrenner schmolz – wie die einzelnen Moleküle in einer gemeinsamen Bewegung nachgaben und sich aus ihrer festen Form lösten, während ihre Farbe von Graulila zu Orange und schließlich in ein glühendes Sonnengelb überging –, brachte ihn auf den Gedanken, die Erhitzung wäre eine *Annäherung,* er würde das Material mit der Flamme *streicheln,* so wie es auch die Tiere liebkosten, und es ließe sich nur deshalb umschmelzen, weil es mit einer Zärtlichkeit berührt wurde, die stärker war als die Verbindung zwischen seinen einzelnen Atomen. Und so wohnt die Gnade in allen Dingen, hatte er erkannt oder jedenfalls blinzelnd für einen Moment am Rande seines Bewusstseins erahnt und sofort wieder vergessen.

Jetzt lag das fertige Mundstück auf dem OP-Tuch bereit: drei Zentimeter lang, zwei Zentimeter im Durchmesser, nach oben hin um 15 Grad verjüngt. Die neuen Kristalle waren zu klein, um sie mit dem bloßen Auge zu erkennen, aber das Material hatte etwas von seinem grünlichen Schimmer beibehalten, den Antonio mit der Eigenschaft verknüpfte, eine Verbindung mit anderen Lebensformen einzugehen. Er legte den Kopf in den Nacken und lokalisierte erneut die beiden Knorpelspangen unterhalb der Kehle. Diesmal schnitt er einen kleinen Zugang zur Luftröhre. Mit dem schmalen Ende zuerst schob er das Mundstück hinein und atmete aus, damit sich die Stimmlippen öffneten. Antonio spürte, wie es in die Öffnung hineinglitt und seinem Ausatmen einen Klang verlieh. Die Stimmlippen spannten sich um das Metall und hielten es mit ihrem Λ fest. Zuletzt montierte er den Atemkreislauf: ein zwanzig Zentimeter langes, gebogenes Plastikröhrchen, dessen eines Ende er in den Mund steckte, das andere ins Loch unterhalb der Kehle.

Das Mundstück war kalt und hart und viel zu glatt für die

schleimige Umgebung des Halses. Plötzlich fühlte er auch die Stimmlippen dort unten noch deutlicher, sie umschlängelten das Instrument wie kleine Kriechtiere. Er sah zum Sender auf, lauschte ihm, lauschte dem Schrei, der grünlich schimmernd durch den Pilz, die Eidechsen, die mageren Pelztiere und Pflanzen drang und sie alle in einem langwierigen, geheimnisvollen Vorgang miteinander vereinte. Der eigentliche Sinn des Schreis blieb ihm verborgen, aber wenn er sich in den Sender verwandeln könnte, wenn es ihm gelänge, den Schrei des Senders in seiner eigenen Kehle zu erzeugen, könnte er auch in sich selbst Sinn erzeugen und Teil des Rituals werden. Er schrie unter der größtmöglichen Anspannung von Lunge und Kehle, dann wieder mit weniger Kraft, er versuchte auf jede erdenkliche Weise, seinen Gefühlen Ausdruck zu verleihen, aber er brachte nur ein Husten hervor. Beim Anblick der Salzablagerungen, die auf dem Seeboden aussahen wie ein uraltes Puzzle, dachte er, dass der See nicht nur verdampft war, er hatte sich auch noch selbst entwässert, die ganze Wüste war ein großes Becken, das sich auf diese Weise entleerte, in den Himmel hinauf und durch den Boden hinab. Er dachte an die Demut und den Eifer, die darin zum Ausdruck kamen, und setzte erneut zum Schrei an. Nach einigen Minuten begann das Mundstück in seiner Kehle zu vibrieren. Mit variierender Kraft spannte er seine Stimmlippen an, bis endlich ein Ton kam und die Tiere rings um den Sender innehielten und aufhorchten. Der Schrei hallte aus seinem Mund heraus und wieder hinein, durch die Luftröhre und von dort in den Bauch hinab, wo es die Organe in Schwingungen versetzte, eine dunkle Dissonanz, die es ihm unmöglich machte, den Schrei als einen Ausdruck seiner Einsamkeit oder von etwas anderem zu betrachten, das er in sich trug. Es war eher so, als würde jemand oder etwas seine Kehle zum Klingen brin-

gen und als Nebeneffekt die Erinnerung an ein fernes, wüsten-
artiges Leben aktivieren.

Antonio atmete ein und unterbrach dabei versehentlich den
Kreislauf, der den Schrei am Leben hielt. Die Tiere wendeten
sich wieder dem Sender zu und setzten ihre anschmiegsame
Annäherung fort. Davon abgesehen funktionierte die Vorrich-
tung gut, die Luft war von seinem Mund in das Plastikrohr ge-
strömt, das unterhalb der Kehle wieder in die Luftröhre führte,
und hätte es wohl auch weiterhin getan, wenn er sich dabei
nicht selbst in die Quere gekommen wäre. Hätte er doch nur
sein eigenes Atmen vergessen können, diese ewige Vorbereitung. Man holt tief Luft und macht sich bereit für das, was auch
immer kommen mag, genau wie die Ufologen im Verein, die
nichts anderes tun konnten, als zu warten und währenddessen
Vorbereitungen zu treffen. Doch er war die Wartezeit leid und
wollte ins Jetzt vordringen. Er wollte den strömenden Atemkreislauf, den kontinuierlichen Schrei, in sich selbst erzeugen.
Er beneidete Fay um ihren Glauben; das war ihm ein halbes
Jahr zuvor im Little A'Lee'Inn bewusst geworden, als sie den
letzten ihrer sechs Vorträge über Außerirdische in der Filmge-
schichte hielt. Er hatte ganz hinten im Raum gesessen und sie
über die Köpfe der anderen Ufologen hinweg bewundert. Es
war ein merkwürdiges, aber schönes Erlebnis, sie nach einund-
sechzig Ehejahren vor die Leinwand treten zu sehen, routiniert
hatte sie die Dias weitergeklickt, während sie ihren Vortrag in
einer komplexen und doch geschmeidigen Sprache hielt, die sie
sich während ihres Studiums angeeignet hatte und die sie so
selbstverständlich beherrschte, dass dahinter eine lange akade-
mische Karriere sichtbar wurde; eine Vergangenheit, die sie parallel zu ihrem gemeinsamen Leben gelebt haben musste. Im
Laufe der vorausgegangenen fünf Dienstage hatte sie aus ver-

gleichenden Analysen ausgewählter Bibeltexte und der wichtigsten Sci-Fi-Filme aus den letzten sechzig Jahren die Theorie entwickelt, dass die Aliens in erster Linie die Wiederkehr des jüdisch-christlichen Gottes in der westlichen Popkultur verkörperten. Die zentralen Motive bei der Darstellung fremder Intelligenz konnten durchweg auf spezifische biblische Offenbarungen zurückgeführt werden, und die filmgeschichtliche Entwicklung des Alien-Bildes folgte in groben Zügen dem Übergang vom Gott des Alten Testaments hin zu dem des neuen: von allmächtigen, unberechenbaren und von oben herab strafenden Aliens hin zu jenen, die sich in irgendeiner biologischen Erscheinungsform unter den Menschen niederließen und den irdischen Bedingungen anpassen mussten. Doch aus irgendeinem Grund hat man Paulus übersprungen, hatte Fay schließlich gesagt und den Projektor ausgeschaltet, woraufhin es still wurde im Little A'Lee'Inn. Nur der pfeifende Atem der ältesten Vereinsmitglieder war zu hören. Die Deckenlampen wurden eingeschaltet, Fay blinzelte. *Und nicht mehr lebe ich, sondern Christus lebt in mir.* Warum hat keiner dieser Drehbuchautoren Paulus gelesen? Sie schaute in den Saal und ließ ihre Arme sinken, fiel vor der Leinwand ein wenig in sich zusammen. Ich weiß schon, dass ich noch nicht so lange hier lebe wie die meisten von euch. Aber ich zweifle nicht daran, dass das, was mir in dieser Stadt begegnet, Glaube ist. Ich weiß, dass wir auf die Raumschiffe warten, wie wir auf den Erlöser warten. Und dass diejenigen unter euch, die noch berufstätig sind, dafür beten, dass sie kommen und das Geschäft am Laufen halten. So wie ihr auch dafür gebetet habt, dass man in der Mine auf eine neue Ader stoßen würde, als sie vor der Schließung stand. Und was haben wir stattdessen bekommen? Neue Lichter am Himmel! Antonio betrachtete Fay mit einer Mischung aus Neid und Scham, er schämte sich, weil er sie um ihren Glauben beneidete, als wäre es etwas, das man besäße. Und dennoch, der Glaube gab ihr etwas, was Antonio nicht hatte: die Möglichkeit, mit dem zu leben, was war, als wäre es nicht, oder umgekehrt. Und weil sie glaubte, die Seele der Toten würde sich als Information in der Atmosphäre ablagern, konnte sie die Töchter – wenn auch nur kurz und unter Schmerzen – sogar in sich aufnehmen, indem sie lange fastete und Rituale vollzog, die sie für kosmische Strahlung aufnahmefähig machen sollten. Vielleicht ging das nur, weil sie die beiden gekannt hatte, bevor sie geboren waren. Und ihre Körper auch danach als Teil ihres eigenen Körpers gespürt hatte, wenn sie die Töchter trug, stillte und wusch; und seither war alles, wobei Fay sie begleitet hatte, zu dieser Empfindung hinzugekommen und am selben Ort ihres Körpers gewachsen, wo durch den Tod der Töchter ein leerer, offener Raum entstanden war. Für Antonio waren sie dagegen *weg* oder existierten im besten Fall in einer Sphäre, zu der er niemals Zugang finden würde, weil er nicht daran glauben konnte, und das demütigte ihn. Es demütigte ihn, ihre endgültige Abwesenheit zu akzeptieren, und dennoch war es die einzige Möglichkeit für ihn zu trauern: in Einsamkeit, als der Rest, der übrig geblieben war, nachdem sie nicht mehr auf ihre ganz eigene Weise existierten, sondern sich zu etwas Totem und Formlosem in der Erde zurückgebildet hatten. Mitunter fühlte es sich so an, als hätte er auf dieser Welt nichts mehr auszurichten. Es war nur ein erniedrigender Trost, auf ihren Telefonen anzurufen, deren Verträge er heimlich verlängerte, um ihre Mailboxstimmen zu hören, die in der endlosen Leitung so unwirklich klangen, und zugleich so körperlich und konkret in den Bewegungen ihrer Zungen und Münder, die durch den Kompressor des Mikrofons verstärkt wurden. Fay hatte ihren Vortrag damit beendet, eine *Authentifizierung des Glaubens* vorzuschlagen, eine volle Anerkennung der Idee, dass sich die Außerirdischen im Inneren wie auch im Äußeren manifestieren konnten, was die Praxis der Ufologen in den folgenden Monaten verändern sollte. Sie begannen ihre Sende- und Empfangstechnik durch eine Art spirituelle Technologie zu ergänzen, durch Rituale, bei denen jeder Mensch auf Teile seiner selbst verzichtete, seien es Geheimnisse, Besitztümer, Haare, Nägel, Zähne und Blut oder auch intime Fantasien von den fernen Wesen. So erzeugten sie eine Gemeinschaftsenergie, um die Außerirdischen nachts anzulocken, und schufen zugleich in ihrem Inneren Platz, um sie in sich aufzunehmen. Anfangs hatte das einen beruhigenden, geradezu vertrauenerweckenden Effekt auf die Mitglieder des UFO-Vereins im Besonderen und Rachel im Allgemeinen. Die Vorstellung von den Raumschiffen als einer dräuenden Gefahr oder als Teil einer kosmisch-föderalen Verschwörung geriet in Vergessenheit. Dann aber breitete sich eine neue, vibrierende Nervosität im Ort aus, als hätten die Außerirdischen, nachdem sie nun endlich von allen irdischen Vorstellungen losgelöst waren – insbesondere vom Areal 51, das südlich des Kahlköpfigen Berges lauerte –, erneut ein bedrohliches Potential zu *irgendetwas* entwickelt, das bislang noch keinen Namen und keine Form hatte, worauf man sich aber dennoch, oder vielleicht gerade deshalb, vorbereiten musste. Joe Travis hörte auf, den UFO-Touristen Buttons und Messgeräte aufzuschwatzen, weil er *ehrlich gesagt* nicht wisse, ob die Außerirdischen korrekt dargestellt seien oder ob sie überhaupt eine Strahlung aussendeten, die im elektromagnetischen Spektrum erfasst werden konnte. Er sägte das Logo der Bar mit den typischen grauen, pupillenlosen Aliens aus dem Holzschild an der Straße, sodass darin nur noch ein Loch mit Blick auf die sandige Steppe zu sehen war. Die Ufologen gaben ihre bisherigen Theorien auf und rezitierten stattdessen Paulus' Briefe, wenn sie von Touristen aufgesucht wurden, die Berichte über paranormale Aktivitäten gelesen hatten. Rachels Einwohner begannen den Tag damit, ihre Wohnmobile von der Wasser- und Stromversorgung abzukoppeln, die Betten hochzuklappen, ihre Vorzelte abzubauen; und umgekehrt, bevor sie ins Bett gingen. Die Leute entwickelten ein seltsam überspanntes Verhältnis zu ihren täglichen Verrichtungen. Selbst die alten – also die meisten von ihnen –, rannten frenetisch durch die Gegend und fummelten in einem erregten Zustand an allen Dingen herum, der geradezu pubertär wirkte, aber gleichzeitig gedämpft wurde von einer kollektiven Impotenz, einem zögerlichen Willen. Die Hand hielt auf dem Weg zur Hüfte oder Hand des Ehepartners inne. Oder auf dem Weg zum Bierglas im Little A'Lee'Inn. Der Fuß ließ das Gaspedal los, und das Auto kam mitten auf der Hauptstraße zum Stehen, wenn man zum Monatseinkauf nach Alamo fahren wollte. Lohnte es sich, den Staub vom Wohnmobil abzuwaschen, die Zweige vom Boden zu fegen, sollte man sich heute überhaupt waschen? Am Himmel blitzte etwas auf, meteorisch rötliche und gelbe Lichter und klare weiße Lichter, die sich übermenschlich ruckhaft voranbewegten, doch sie wurden nur selten gefilmt, die Wirtschaft schwächelte, das Gewicht der Leute schwankte.

Als Antonio das nächste Mal wach wurde, verschluckte er sich an seinem eigenen Atem. Der Schmerz brannte säuerlich im Hals, und durch sein Husten verrutschte das Plastikrohr in der Wunde. Er nahm es aus dem Mund und legte den Kopf in den Nacken, um wieder für einen freien Durchgang zu sorgen. Dann kam er auf die Beine und vertrieb die Bilder aus seinem

Kopf: Bilder von Hasen mit sehr langen Ohren und schwarzgesprenkeltem Fell. Hunderte von Präriehasen, die über Steppen, ausgetrocknete Seen und Berghänge sprangen, der Präriehase, der ja eine Art Totemtier in Karen Ruthios musikalischem Universum war – die Bilder waren ihm aus Las Vegas übermittelt worden! Er hatte in der Zeitung gelesen, dass Ruthio gegen Ende ihrer Auftritte manchmal ins Publikum fragte, wer den Menschen fehle, wer gerade irgendwo allein liege und einen Gruß gebrauchen könne. Dann wählte sie einen der Anwesenden aus, die ihre Hände nach oben streckten, *wir brauchen nämlich all unsere psychische Energie*, hatte sie in dem Artikel erklärt. Antonio Simmons befindet sich in Rachel, Nevada, sagte sie jetzt, während ihre Band die ersten Takte von *Starke Beine, gespitzte Ohren* spielte. In wenigen Augenblicken werdet ihr ein Bild auf der Leinwand sehen. Ich werde etwas über dieses Bild singen. Und *ihr* müsst es Antonio Simmons übermitteln. Er liegt gerade in Rachel, Nevada, und schläft. Er wird von diesem Bild träumen. Versucht es ihm zu senden. Und auf den Leinwänden erschienen die schwarzschwänzigen Präriehasen, und Karen Ruthio sang: *Hase, Hase – Hase immer rennend / Sehe dich nur parallel zu meinem Gebet / in der Steppe …* Antonio atmete aus und spürte, wie das Metall in Schwingungen versetzt wurde, es war immer noch warm. Der Schrei erklang in seiner Kehle und harmonierte mit dem Schrei des Senders über dem See. Der Schrei war jetzt in ihm, oder besser gesagt, die Bilder waren es, die der Schrei in ihm weckte: Eine ferne, mattrote Wüste voller erdverbundener Organismen und trotzdem auf andere Weise leer und weitläufig als diese Wüste. Vielleicht wurde ihm die Wüste so gezeigt, wie sie aussehen würde, wenn er nicht mehr da war. Doch dann kam ihm wieder sein Atem in die Quere und blies alles kaputt, und er hatte Lust, ihn zu ersticken. Selbst an den einsamsten Orten hörte er sein eigenes Herz und seine Lunge, diese unermüdlichen Maschinen. Ihre fortwährende Aktivität war wie das Versprechen von einem Ausweg oder einem Ziel, das er jetzt aufgeben musste. Die Einsicht kam ihm langsam und schmerzlich. Dass er den Gedanken loslassen musste, Fay die künftige Vereinigung mit dem Sender und den Pflanzen und Tieren zeigen zu können. Doch in diesem Moment bedeutete ihm jene Vorstellung alles: dass sie seinen Zettel im Türschlitz finden und in die Wüste hinauseilen würde, dass sie herkäme und ihn schreiend vorfände, umringt von den anschmiegsamen Tieren. Und dass sie zu ihm ginge und seine Hand nähme und Teil des Rituals werden würde.

Seinen Atem hinter sich zu lassen und die Gegenwart zu betreten bedeutete aber auch, den Abstand zwischen sich und dem nächsten Moment zu löschen und damit zugleich die Zukunft zu verlieren. Und all seine Vorstellungen, all seine Hoffnung, seine Angst und sein Mut, kamen aus der Zukunft.

Er würde das verlieren, was erst im Augenblick des Verlusts aufhörte, alles zu bedeuten.

Er verstand es erst nicht. Und dann tat er es doch.

Er brachte das Mundstück zum Vibrieren, und während die Luft aus seiner Lunge entwich, lauschte er der monotonen Dissonanz des Schreis, nahm alles in sich auf, was der Schrei versprach, spürte, wie er sich in der Brust ausbreitete und die Organe in Schwingungen versetzte, sodass ein formloses Leben daraus hervorbrach, und nach einem Moment der Stille, als er ausgeatmet hatte, verwandelte der Schrei Antonio in reine Vibration. Die Luft strömte durch seinen Atemkreislauf, aus seinem Mund und unter der Kehle wieder zurück in die Luftröhre, eine perfekte, zirkuläre Kontinuität, deren Klang der Schrei war. Um den Sender herum erstarrten die Tiere, als hätten sie zwei Kommandos gleichzeitig erhalten. Die Schnepfen flatterten verwirrt auf, die Pflanzen erzitterten auf dem Seeboden. Einige Säugetiere zogen sich aus dem großen Gemeinschaftsfell zurück, strebten wie in Trance zu Antonio und schmiegten sich an ihn, zwei Gabelböcke, ein Luchs, mehrere Präriehasen und Wildkaninchen; sie alle fanden ihren Platz untereinander und fingen an, um seine Beine und seine Hüfte zu streichen. Die Vögel landeten auf seinen Schultern, die Eidechsen sprangen auf die Gabelböcke und von dort auf seine Brust und drückten ihre Bäuche an ihn, doch er war bis in die Haut hinein von der Vibration des Schreis erfüllt und spürte sie nicht. Seine Silhouette flimmerte in einem kristallgrünen Licht, und dieses Licht *war* die Begegnung zwischen seinem eigenen Körper und dem der Tiere. Es gab nur die Vereinigung, nicht Antonios Freude darüber, dass sie endlich stattfand. Es gab nur seine Freude. Schräg gegenüber stand der Sender und zitterte genau wie er, eine perfekte Symmetrie. Das Licht, das sie ausstrahlten, überschnitt sich in Säulen aus grünen Spiralen.

Irgendwo in der Wüste keuchte ein Fahrzeug und näherte sich hastig. Als die beiden weißen Scheinwerfer auf den See fielen, drang das Motorengeräusch durch die Vibrationen hindurch und in Antonio hinein. Er holte tief Luft, sodass der Atemkreislauf unterbrochen wurde und der Schrei in seiner Kehle verhallte. Die Wärme kehrte in seinen Körper zurück, strömte zusammen mit dem Blut in Gesicht und Hände. Er spürte, wie ihn die Tiere verließen, und blinzelte. Das Fahrzeug bremste am Ufer des Sees, die Türen wurden aufgestoßen, hastige Schritte näherten sich von links auf der verkrusteten Erde. In zwanzig Metern Entfernung wurden sie im Gegenlicht sichtbar, zehn Männer in Kampfmontur, die abrupt stehen blieben und mit ihren Maschinengewehren auf ihn zielten. Nicht schießen, wollte Antonio rufen, brachte aber nur ein heiseres Fiepen hervor. Alle Kraft hatte ihn verlassen, seine Knochen klapperten und zogen ihn zum Seeboden herunter. Er wollte den Männern sagen, der Sender gehöre ihnen und niemand werde etwas erfahren, wenn sie ihn gehen ließen. In diesem Moment dachte er nur noch an Fay, und der Gedanke, sie nicht mehr wiederzusehen, ließ ihn beinahe zusammenbrechen. Der ist ja steinalt, fauchte einer der Soldaten. Antonio sah ihn flehend an und setzte sich neben seinen Rollkoffer auf den Boden. Weit über ihren Köpfen summte etwas durch die Luft, das anders klang als die Düsen- und Passagierflieger, weniger durchdringend. Am Himmel tauchte etwas Kleines, Rundes, Tiefschwarzes auf und wurde ruckweise größer. Als das Objekt nur noch fünfzig oder hundert Meter entfernt war und man seinen enormen, eierförmigen Umfang erahnen konnte, drehte es ihnen die Breitseite zu und näherte sich in sinkendem Tempo. Aus dem Halbdunkel schimmerte ein goldenes, ovales Band hervor, das um die abgerundeten Seiten des Objekts verlief und die weit reichenden Scheinwerfer des Militärfahrzeugs überstrahlte. Ich kenne die nicht, schrie Antonio, das hat nichts mit mir zu tun, aber die Soldaten hatten sich und ihre Waffen längst dem Flugobjekt zugewandt. Es war zehn Meter über ihren Köpfen in der Luft stehen geblieben und leuchtete wie eine kosmische Spiegelung des Seebodens. Die Tiere wirkten verängstigt, oder erwartungsvoll, sie scharten sich um den Sender, der sich nun unter dem Zentrum des Objekts befand. Sein heller Schein erschwerte die Sicht, aber Antonio meinte eine zerfurchte, felsenartige Struktur erkennen zu können. Er hörte, wie sich ein halbes Dutzend Kugeln in Stein bohrten, ehe das ovale Band ein neues, zähflüssigeres Licht aussandte.

Die Soldaten wurden unscharf, ihre Schüsse klangen fern und unbedeutend, die Projektile verloren an Fahrt und trudelten in dem satten, weißen Licht nach unten. Etwas waberte in der Luft um Antonio und die Pflanzen und Tiere, wie ein Mantel unter Wasser, ein Vorhang zwischen zwei verschiedenen Zeiten. Dahinter existierte nur der Schrei, der mittlerweile nicht mehr dissonant klang. Die Tiere schmiegten sich an den Sender, Antonio schmiegte sich an sie. Er spürte, wie die Erde unter ihnen bebte und sich vom Rest des Seebodens losriss. Über ihren Köpfen tat sich in der Unterseite des Flugobjekts ein ovaler Eingang auf, der vom selben kristallgrünen Licht erfüllt war, wie es der Sender ausstrahlte und wie es noch vor wenigen Minuten auch Antonio verströmt hatte. Jetzt wurden sie auf der losgerissenen Erdscholle davon angesogen, während die Luft dicker wurde und einen Druck auf der Lunge erzeugte. Das Oval wuchs und verschwamm vor seinen Augen. Die Tiere und Pflanzen wurden vom Licht weggewischt, bis es nichts anderes mehr gab – nur noch diesen blendend grünen, dickflüssigen Schein, der aus einem tiefer im Objekt verborgenen Ort drang. Das Mundstück klopfte begeistert in seiner Kehle.

Er erwachte mit einem Gefühl von Angst und rang nach Luft. Sein Skelett schmerzte, als würde es jeden Moment zu einem Knochenhaufen zusammenfallen. Die Wunde unter seiner Kehle war mit einer unmerklichen Naht verschlossen – es fühlte sich an, als wäre die Haut geschmolzen, über den Wundrändern verstrichen worden und wieder getrocknet – doch die vom Mundstück hinterlassene Leere war immer noch spürbar. Er hustete und hatte einen Geschmack von Wüste auf der Zunge. Wenn er den Kopf ein wenig nach links drehte, konnte er die wenigen Lichter erahnen, die noch in Rachel brannten, und rechts die ersten paar Meter der Buschsteppe, die in der Dunkelheit abtauchte. Er kam auf die Beine, vertrieb die Bilder aus seinem Kopf und nahm Kurs auf das nur wenige hundert Meter entfernt stehende Wohnmobil. Inzwischen war es zwei Uhr nachts, Fay musste sich irgendwo im Zug zwischen Alamo und Rachel befinden. Alles war still, keine Laute oder Lichter in der Wüste hinter ihm oder am Himmel, doch er beeilte sich trotzdem, schob mit seinem ganzen Körpergewicht die Beine an und wankte los, während die Schmerzen durch die Knochen nach oben ausstrahlten.

Endlich im Wohnmobil angekommen, sank er in seinen Sessel. Das nächste Mal wachte er auf, als Fay durch die Tür trat. Die Haut um ihre Augen war schwer und dunkel vor Müdigkeit, aber sie strahlte. Ihr feines, kupferfarbenes Haar stand zur Seite ab. Antonio stemmte sich mühsam aus dem Sessel hoch, um sie zu umarmen. Ich habe mit ihr gesprochen!, sagte sie verzückt, noch ehe er die Küche erreichte. Mit wem?, fragte er. Karen Ruthio!, antwortete Fay und breitete ihre Arme aus. ›Endlich sehe ich dich‹, hat sie gesagt und mir in die Augen geschaut. ›Ja‹, habe ich erwidert, aber ob sie denn wüsste, wer ich bin? Ja. Wir sind uns schon einmal begegnet‹, hat sie geantwortet. ›Wann und wo?‹, habe ich gefragt. ›Wir sind uns im Radio begegnet.‹ Das hat sie gesagt, Antonio! Wir sind uns im Radio begegnet!

## Karen Ruthio

geb. 1928 in Goldhill, Nevada, gest. 2017,
Route 95, Esmeralda County, Nevada

Amerikanische Singer-Songwriterin und Akkordeonistin, bekannt durch ihre Musik über das Leben in und zwischen den amerikanischen Minenstädten im 20. Jahrhundert.

Als Tochter – und später auch als Ehefrau – eines Minenarbeiters thematisierte sie auf den meisten ihrer Alben die Erfahrung eines Lebens in ständiger Bewegung zwischen den kurzzeitig aktiven Bergwerksbetrieben, besonders anschaulich auf ihrem Debüt *Dragged Through the Desert* (1967). Der Titeltrack ist eine neun Minuten lange, arhythmische Komposition aus Geigen, Claves, Akkordeon und nicht zuletzt Ruthios dunkler Stimme, die singend das Bild von einer Frau mit einem Kind auf dem Rücken entwirft, die auf einem Pferd reitet. Die Frau ist keine unerfahrene Reiterin, hat das Tier aber trotzdem nicht unter Kontrolle, sie wird eher davongezogen, als dass sie es antreiben würde, so wie auch das Pferd davongezogen wird: Es ist mit einem Strick an ein weiteres Pferd gebunden, das die Geschwindigkeit und die Richtung durch die Wüste zu bestimmen scheint und auf dem der Mann der Frau reitet. Doch wie sich herausstellt, wird auch das Pferd des Mannes von einem anderen Pferd gezogen, das ihnen noch weiter voraus ist, und so setzt sich die Karawane endlos fort; Pferde, die abwechselnd Frauen mit Kindern und Männer mit schwerem Gepäck tragen und durch einen weißen Strick untereinander verbunden sind. Der Strick endet in »einem Loch im Boden, das im Besitz von Lügnern ist«. Das Loch glänzt von Kupfer und zieht die Sonne und den Strick an.

In anderen Songs wird der Alltag aus einer nomadischen

Sicht beleuchtet: Der Haushalt erweist sich plötzlich als Illusion, das Putzen als untauglicher Schutz vor dem Wüstenstaub und vor dem Mann, der immerzu dreckverschmiert aus der Mine heimkehrt; der Esstisch ist ein Versuch, »Erde aus Nahrung zu gewinnen« oder »die Mahlzeiten in den Himmel zu heben«; und wenn man die Mädchen in die häuslichen Pflichten einführt und die Jungen mit ihren Vätern in die Minen schickt, hat man das Gefühl, man würde ihnen belastendes Wissen aufbürden. Viele von Karen Ruthios Songs handeln von einer Frau, die nachts aufwacht und das Haus verlässt, um sich auf die kalte Erde zu legen oder im »kosmischen Labyrinth der Hauswände« umherzuirren, bis sie es gut genug kennt, um mit geschlossenen Augen wieder herauszufinden und »es im Schlaf abzuspeichern«. Häufig endet der Text damit, dass sie die Erde in einem Raumschiff verlässt oder davon träumt, es zu tun. Hin und wieder kommen auch die anderen Frauen zu ihr heraus, und dann schlafwandeln sie gemeinsam, auf *Woman Walks Home at Night (vers. 8)* ist das sogar zu einem festen Brauch geworden: Jede Nacht ziehen sämtliche Frauen des Ortes im Schlaf durch die Straßen, diskutieren die politische Konstitution ihrer Stadt, die Normen und Regeln und das tägliche Leben, und »werden immer wieder aufs Neue sesshaft«.

Obwohl sie schon im Alter von zwölf Jahren in Tonopah, Nevada, Songs schrieb, nachdem ihr Vater ihr sein Akkordeon überlassen hatte, veröffentliche Karen Ruthio erst mit neununddreißig ihr erstes Album. Damals wohnte sie mit ihrem Mann Henry Colberg und ihren vier Kindern in Ruth, das als eine von wenigen Städten in Nevada auch in der zweiten Hälfte des 20. Jahrhunderts von einem relativ stabilen Minenbetrieb profitierte; zum ersten Mal in ihrem Leben war es Karen möglich, länger als ein paar Jahre an einem Ort zu leben. In

Ruth lernte sie auch die anderen Frauen kennen, mit denen sie später eine Band gründen würde, und hier sparte sie Geld zusammen, um ihre ersten drei Platten aufzunehmen, *Reclaiming the Salt* (1968), *Open Pit Mining* (1972) und das besagte Debüt aus dem Jahr 1967. Mit ihrer traditionellen Instrumentation (Geige, Kontrabass, Salonklavier, Hackbrett, Löffel etc.) und einem sehr begrenzten Vertrieb – vor allem über Tankstellen und Fernfahrerkneipen in Utah und Nevada – wurden die Alben nur selten von der Musikkritik wahrgenommen, fanden jedoch ein treues Publikum in den umliegenden Städtchen, wo man Karen Ruthio auch für die jährlichen Stadtfeste zu buchen begann. Die Konzerteinnahmen flossen in den Bau einer Schule in Ruth und wurden außerdem dafür eingesetzt, den Betrieb der letzten Mine der Stadt aufrechtzuerhalten, als sich die Nevada Consolidated Copper Company 1977 aufgrund der fallenden Kupferpreise aus dem Geschäft zurückzog. Anderthalb Jahre später war die lokale Popularität der Band wieder abgeklungen, oder die anderen Städte im White Pine County waren ebenso vom Verschwinden bedroht und nicht mehr in der Lage, Honorare zu zahlen. Aus der Mine konnten nur noch kleine Mengen an Kupfer gewonnen werden, woraufhin sie im November 78 endgültig geschlossen werden musste. Die Bandmitglieder wurden mit ihren Männern über die ganze Wüste verstreut, angezogen von den noch aktiven Minen in Nevada, Utah, Arizona.

Karen Ruthio und Henry Colberg verschlug es nach Austin, Nevada. Im Jahr 1862 im Silberfieber gegründet – das der Legende nach ausbrach, nachdem ein Postkutschenpferd einen Stein losgetreten hatte – und seither von Tausenden Menschen verlassen, als das Edelmetall plötzlich versiegte, war Austin 1978 eine Geisterstadt mit etwa hundert Einwohnern. Häuser,

Hotels und Kirchen standen leer, in unterschiedlichen Verfalls-stadien. Ein schmaler Stadtrand wurde noch von einem mini-malen Türkisvorkommen am Leben gehalten. Henry suchte Arbeit in der Mine, Karen stellte Schmuck aus dem weichen Mineral her, ihr jüngster Sohn zog von zu Hause aus. Sie schrieb Lieder, konnte es sich aber nicht leisten, ins Studio zu gehen, und wollte es ohne ihre Band auch nicht. Sie streifte durch die Gegend und vermisste ihre Freundinnen. Einen Kilo-meter östlich der Stadt lag ein klotziger Granitturm, in dessen zweiten Stock sie manchmal hinaufstieg, um dort zu sitzen und Musik zu machen. Im Sommer 1982 entstand daraus das Al-bum *Black-tailed Jackrabbit* – weitgehend instrumental, mit ei-nem einfachen Diktiergerät aufgenommen und 2001 als Boot-leg veröffentlicht. Lange, chromatische Improvisationen auf dem Akkordeon, die zwischendurch die Form einer Komposi-tion annehmen, hallen hart und sakral in dem hohen Turm-zimmer wider. Der Raumklang verstärkt die Geräusche von Ruthios Bewegungen auf dem Stuhl oder des Stuhls selbst, der auf dem Steinboden verrückt wird. Man kann hören, wie sie hustet und sich räuspert und ab und zu ein bisschen singt: kur-ze Verse über Entbehrung und Einsamkeit und darüber, nie-manden zu haben, mit dem man sich austauschen kann; und über die Qual, allein Hegel lesen zu müssen. (In Ruth hatten sich die Frauen der Stadt einmal wöchentlich getroffen und ihre Lektüreeindrücke diskutiert, die sie nicht mit ihren Männern teilen konnten. Während die Jungen früh zu Männern gewor-den waren und in der Mine arbeiten mussten, hatten die meis-ten Frauen die Schule besucht, den Unterricht ihrer Kinder be-gleitet und später einen Hang zu Romanen und philosophi-schen Abhandlungen entwickelt, die sie als Sammelbestellung per Postversand erwarben. In ihrem Lesezirkel diskutierten sie hauptsächlich Südstaatenromane und den deutschen Idealismus.) Sechsmal im Laufe des Albums wird der schwarzschwänzige Präriehase angerufen: dreimal in Form nüchterner Beschreibungen seines Aussehens und Fortpflanzungsverhaltens; einmal als »Mutter«; einmal als »eine Großmuttermahlzeit«; und am Ende als jene »gespitzten Ohren«, die den sehnsüchtig vermissten Freundinnen eine wichtige Nachricht überbringen sollen.

In den folgenden vier Jahren wohnte Karen Ruthio an vier verschiedenen Orten in Nevada und Arizona, sparte erneut Geld und schrieb keine Songs. 1994 starb Henry.

Im Laufe der nächsten Monate gelang es ihr, ihre alten Bandmitglieder ausfindig zu machen, bis auf eine Frau waren inzwischen alle verwitwet. Im Juni 1995 trafen sie sich in Bonnie Claire, Nevada, Geisterstadt seit 54, jedoch nach wie vor mit einer Strom- und Wasserversorgung gesegnet und als letztes Fleckchen vor Las Vegas an der Fernstraße 95 auch mit einer belebten Lage. Die Band renovierte das alte Stadthotel, richtete ein Café im Foyer ein, einen Proberaum im Speisesaal und ein Zimmer für jede von ihnen im ersten Stock. Unter denjenigen, die im Café Halt machten und eine Karen-Ruthio-Aufnahme aufgeschwatzt bekamen, war eines Tages auch der Musikkritiker der L.A. Times, Randall Roberts, der beim Klang von *Reclaiming the Salt* dachte: Genau das habe ich gesucht. Genau das konnte ich gar nicht suchen. In einer Serie von sechs Besprechungen und thematischen Artikeln, die im März, April und Mai 97 in der L.A. Times veröffentlicht wurden, erkor er Karen Ruthio unter anderem zur »unbekannten Schwester von Neil Young« und nannte sie »die Antwort des Country auf Laurie Anderson: die Mutter des Art-Country«. Keinen dieser Namen machte sie sich zu eigen.

Roberts' Artikel führten zu einer Wiederveröffentlichung der ersten drei Alben aus der Zeit in Ruth und zu einem kurzen Hype, der seinen Höhepunkt 1999 bei einem mittelmäßigen Auftritt auf dem South by Southwest fand. Im Laufe der nächsten Jahre erarbeitete sich Karen Ruthio in Utah, Colorado, Arizona und Nevada eine solide Fangemeinde, überwiegend bestehend aus Frauen, die in kleineren Wüstenstädten wohnten oder dort aufgewachsen waren, Frauen aus Farm- oder Minenarbeiterfamilien und aus deren Kindern. Von den Gagen aus den mittlerweile regelmäßigen Konzerten in Las Vegas, Phoenix und Salt Lake City baute sich die Band ein Studio im Keller des Bonnie-Claire-Hotels, und in den Jahren 2002 bis 2009 erblickten drei weitere Veröffentlichungen das Licht der Welt: *Inhabiting Ghost Towns* (2002), die Geschichte einer Stadt, die hundert Meter weiter den Berg hinab versetzt wird, um Platz für den Ausbau der offenen Silbermine am Stadtrand zu schaffen, erzählt über zwei fortlaufende Ambient-Kompositionen; *Ark* (2004), zehn Popsongs über verschiedene Tier- und Pflanzenarten, die in der Umgebung von Bonnie Claire vorkommen, sowie einem über ein Raumschiff, das die Tiere und Pflanzen abholt; und zuletzt *OreCore* (2009), das um einen Kult kreist: die »SonnSonne«, deren Anhänger eine Verschmelzung der Sonne mit dem brennenden Erdkern prophezeien und diese Vereinigung sowohl vorbereiten als auch beschleunigen wollen. Sie reisen umher und machen Häuser, Kirchen und Kreuze dem Erdboden gleich, »stoßen alle Phallen vom Podest«. Sie lassen sich vorübergehend an einem Ort nieder und graben tiefe Löcher, gewinnen Metalle aus dem Boden und verkaufen sie weiter; es ist ein reicher Kult, aber jene, die ihn ausüben, leben primitiv, schlafen auf der Erde (»Sonne auf meinem Bauch, Sonne auf meinem Rücken / und tief in mir die Kammer der

SonnSonne // Die schwarzen Flammen der Pest«), jeglicher Überschuss fließt in die Entwicklung von Grab- und Pumptechnologie. Viele Anhänger werden auf dem Weg zum Ziel geopfert. Die langen, monotonen Songs und ihre Zwölfton-Zwischenspiele schleppen sich in einer dumpf verzerrten Instrumentation dahin, aber Ruthios dunkle Stimme verleiht ihr dennoch Dynamik und macht es einem schwer, Pessimismus von Hoffnung zu trennen, Untergangsstimmung von Produktivität.

Karen Ruthio schrieb keine weiteren Lieder mehr, gab aber bis zuletzt Konzerte; »meine Ader ist stillgelegt, nicht aber meine Kehle«, wie sie einem Journalisten im Oktober 2015 sagte. Der Tod überraschte sie zwei Jahre später auf der Rückbank eines Tourbusses.

# Ich, Rory und Aurora

Es gab mich, Rory und Aurora, damals lebten sie in einer Wohnung direkt neben den Gleisen. Zwischen den beiden Zimmern hin- und herzukriechen war wie Zugfahren, Rory hatte einmal ein großes, zorniges Loch in die Wand geschlagen, als Aurora in der Kirche war, ein Tunnel auf der Bahnstrecke. Wie auch immer, eines Tages sagte Rory, er würde Aurora nicht mehr lieben, und sah mich mit Augen an, die ich am liebsten verdreht nenne, ich meine, sie schauten genauso sehr in sein eigenes Hirn wie zu mir und suchten auf beiden Seiten nach Bestätigung. Ich fragte warum, obwohl ich keine Lust hatte, in Auroras Abwesenheit darüber zu reden. Irgendwie war ich ihr gemeinsames Kind, wie sollte ich da mit ihm darüber reden? Und abgesehen davon, mit Aurora durchzubrennen, wozu ich sie sowieso nie kriegen würde, bestand mein einziges Interesse darin, weiterhin dieses Kind zu bleiben. Sie treibt sich die ganze Zeit sonst wo rum, sagte er, sie interessiert sich nicht mehr für *unser* Leben. Du kannst mich mal, erwiderte ich. Dann ging ich hinein und legte mich hin, und sein *unser* hinterließ einen ranzigen Geschmack in meinem Mund; als gäbe es so etwas wie sein und mein Leben ohne sie.

Zum Glück kam sie doch noch nach Hause und warf ihre Jacke auf den Boden, das hörte ich am Geräusch der zusammensinkenden Daunen und an Auroras besonderem Seufzen, einem langgezogenen und defekt klingenden Sirren wie von einem überhitzten Computer. Wo warst du?, fragte Rory. In der Kirche, sagte sie. Was hast du verdient? Genug, antwortete sie und knallte das Geld auf den Tisch in der Küche, wo Rory gerade Lauchsuppe kochte, das roch ich am süßlichen, zwiebligen Dampf, der bis zu mir ins Bett strömte. Im Zimmer war es schummerig, Bündel warmen Lichts ragten durch das Loch in der Wand herein. Autoscheinwerfer glitten über die Decke, die von den Zügen bebte. Du brauchst doch wohl nicht den ganzen Tag, um deinen Scheiß an die Gläubigen zu verchecken, sagte Rory. Brauchst du den ganzen Tag, um Gemüse für die Suppe zu klauen, fragte Aurora, trägst du ein Kind im Bauch oder ich? Ich lag halb eingesunken im Spalt zwischen den beiden Matratzen, mit den Schulterblättern auf der Palette. Die hatte ich mal auf einem Spaziergang gefunden und nach Hause geschleift, wie eine Katze, die tote Vögel anschleppt, hatte Rory gesagt und damit ziemlich ins Schwarze getroffen: Ich war verschmust und leise und störte nie, und ich bemerkte alles, was in der Wohnung vor sich ging. Ein bisschen Futter brauchte ich auch, konnte aber problemlos ein oder zwei Tage ohne durchstehen. Zwischen meinen Streifzügen kam ich nach Hause, schuldbewusst und stolz, mit irgendwelchem Gerümpel, das sie annehmen mussten, obwohl sie nicht darum gebeten hatten: eine Euro-Palette, ein Brettspiel, einen Bernsteinklumpen. Schulterpolster aus Keramik, die Rory oft anzog, wenn er betrunken war. Ich ließ mich von ihnen aushalten, was keine Schande war, sondern so schamlos, dass wir uns manchmal daran aufgeilten, aber hätte ich keine Gegenleistung erbringen können, wäre es verletzend für mich gewesen.

Später, ich musste eingeschlafen sein, kamen sie herein und legten sich ganz steif und trotzig in die Stille, die sie vom Esstisch mitgebracht hatten. Die Luft erstarrte zwischen ihren Schultern über der Ritze, in die ich mich hineingekuschelt hatte, bis Rory sich auf die Seite drehte und Hey oder Schatz sagte oder irgendeinen anderen versöhnlichen Laut von sich gab. Am liebsten hätte ich mitgemacht wie sonst auch, mich zwischen ihre Unterleiber geklemmt und es beiden besorgt, während sie sich küssten, aber es war ihr Streit gewesen und damit wohl auch ihre Versöhnung. Ich schob mich ans Fußende, kroch aus dem Bett und legte mich flach unter die Palette. Rory rollte wieder auf den Rücken und schloss mit seinem knochigen Körper die Lücke zwischen den beiden Matratzen. Die Pobacken, die sich über meinem Brustkorb befanden, stemmte er nach oben und von mir weg, die Schultern lagen auf der Palette, und seine Lende wurde zu einer Brücke aus Haut. Sie roch nach dem Schweiß, der den Dreck löste, den er den Tag über gesammelt hatte.

Kurz darauf lag Aurora mit ihrem Bauch zwischen den Matratzen, sanft gegen die quer verlaufenden Bretter gepresst. Ich schob die Handfläche unter eines davon und konnte den leichten Druck ihres Bauches spüren. Unfreiwillig und mit einer Irritation, die stärker war als meine Zärtlichkeit, fühlte ich mich für einen Moment vollkommen eins mit dem Wesen hinter dem Holz und der Bauchhaut und allem, was es sonst noch abschirmte. In dieser beengten Wohnung abgeworfen, würde sich das Kind in Rorys und Auroras eingefahrenem Leben zurechtfinden müssen, zwischen Möbeln und Kleiderhaufen. Ich hätte zu gern gewusst, warum dieses Kind beschlossen hatte, überhaupt herzukommen. Zu gern gewusst, ob die Welt, in der man vor der Empfängnis lebte, genauso steril und konturlos und saukalt war wie meine, bevor ich Rory und Aurora acht Monate zuvor in einer Bar kennengelernt hatte. Sie waren gerade dabei gewesen, den letzten Rest von Auroras Abfindung zu versaufen, um ihre Rückkehr vom Entzug zu feiern, Rory hatte gestrahlt. Ich war in der Hoffnung dorthin gekommen, dass mich jemand auf Drinks und Zigaretten einladen würde, und das taten sie auch. Sie erzählten mir von ihrem Leben; dass sie nach London gezogen waren, weil Aurora eine Lehrerinnenstelle an einer Grundschule bekommen hatte, die sie kurz darauf verlor, nachdem sie auch ihr Kind im sechsten Monat verloren hatte und vor die Hunde ging, und ich liebte es, all diese Geschichten zu hören. Ich liebte das Elend, das ganz offensichtlich in ihrem Leben herrschen musste, wenn sie es so freizügig vor fremden Menschen ausbreiteten, mit einem glucksenden Lachen, das ihre Martinis zum Überschäumen brachte. Es fühlte sich paranoid und verrucht an, dass sie sich von beiden Seiten an mich heranmachten. Ich ging mit ihnen mit, weil ich hungrig war. Der Sex und der Spaß, den wir hatten, waren so gut, dass ich bleiben durfte, vielleicht empfanden sie aber auch Mitleid mit mir und meiner Situation. Oder ihr Mitleid war gerade deshalb so groß, *weil* wir Spaß miteinander gehabt hatten, so gesehen hatte ich an jenem Abend vielleicht auch meine Persönlichkeit investiert. Ich ging mit ihnen mit, weil ich hungrig war. Danach war ich in Aurora verliebt.

Jetzt legte ich mich wieder hoch ins Bett und schlief zum Geräusch ihrer Atemzüge ein. Am nächsten Tag wurde ich von Auroras Hand auf meiner Schulter wach gerüttelt, ob ich mit rauswolle? Rory schlummerte noch.

Sie arbeitete am liebsten allein, sicher auch in dem Wissen, dass wir ohne sie nie irgendetwas gemacht hätten. Deshalb war es etwas Besonderes, mitkommen zu dürfen. Ihr im Zug gegenüberzusitzen, entgegen der Fahrtrichtung, und die Dinge verschwinden zu sehen. Ein zaghaftes, strömendes, orangefarbenes Licht in den Blättern und auf den Schienen und den Körpern der Gleisarbeiter, als hätten sie nach dem Schlaf noch nicht zu sich zurückgefunden. Ihr Hämmern klang so früh am

Morgen unwirklich und gewagt, es drang zusammen mit der kalten Luft durchs Fenster, mit dem Schnurren der vereisten Zugachsen. Aurora sagte: Halt die Luft an!, und ich verschloss meine Kehle, während sich die Dunkelheit über uns legte. Die Reibung des Zugs auf den Schienen klang jetzt gedämpft und geheimnisvoll. Im Licht auf der anderen Seite ließ Aurora ihre Luft langsam wieder zwischen den Zähnen entweichen, mit der Hand in der Innentasche, um die Pillen an ihren Platz zu befördern; ich hustete meine Luft japsend aus. Der mattgraue Trenchcoat flatterte hinter dem Mann, der gerade noch neben ihr gesessen hatte, aus dem Abteil. Wir nannten die Pillen *Vokale*, weil sie einen weich und empfänglich machten, angefangen mit einem runden Gefühl und einem Licht in Mund, Hals, Bauch und so weiter, bis der ganze Körper ein glühender Prozessor war, der nur noch auf Daten wartete – wohl auch deshalb erschien die City-Kirche wie der perfekte Umschlagplatz, an eine Entzugsklinik angeschlossen und voller Süchtiger, die sich Gott zugewandt hatten oder es zumindest versuchten. Die Wirkung der Vokale dauerte genau wie der Gottesdienst eine knappe Stunde und diente der Vorbereitung auf den eigentlichen Trip, und Aurora konnte eine Tüte mit 100 Stück für 50 Pfund kaufen und sie für ein Pfund das Stück weiterverticken. Sie lehnte neben dem Eingang an der Mauer, stieß sich mit der Schulter ab und ging den Leuten entgegen, sobald sie ankamen. Sie lockte sie zu sich, indem sie ihre Namen rief, sie beugte sich mit der Stimme zu ihnen. All diesen Menschen war eine gewisse Glätte gemeinsam, eine Einebnung der Gesichtszüge zu einer matten Fläche, und von meinem Standort aus wirkte es, als würde Aurora jeden einzelnen von ihnen aus dieser Einheitlichkeit herausheben und wirklich wahrnehmen. Ich überlegte, ob die Menschen es auch so empfanden. Ob Aurora das bewirken konnte, während sie ihnen den Stoff verkaufte.

Was mich an jenem Tag überraschte und was Aurora mir vielleicht hatte zeigen wollen, war, wie sie nach dem Gottesdienst sitzen blieben. Seit ich die Pille eingeworfen hatte – synchron mit hundert anderen Händen, die von der Tasche zum Mund aufstiegen, hundert Hälsen, die sich reckten und schluckten, als das Präludium einsetzte –, war der Gottesdienst in einer bedeutungsvollen Parallelität zu meinem Trip verlaufen und hatte sich im Takt mit dem Raum entfaltet, der in meinem Inneren frei wurde. Als wäre seine Abfolge in die Chemie der Vokale einprogrammiert. Danach gab es nur noch die Talfahrt, und ich war innerlich vollkommen blockiert und konnte gar nicht mehr folgen. Es erschien mir wie eine furchtbare Schwäche, ein greller Kontrast zum Gottesdienst und dazu, wie mich die Gebete, die Orgelmusik und die Gesten des Pfarrers erfüllt hatten. Jetzt herrschte Stille, der Pfarrer war gegangen, und um mich herum saßen die Leute mit einer schrecklich traurigen Miene oder mit geschlossenen Augen da, überwältigt von allem, mit dem sie sonst lieber im Dunkeln kämpften. Armselig und zusammengesunken, aber gleichzeitig von einem mysteriösen Willen beseelt, in diesem *Danach* zugegen zu sein; von einer Ausdauer, die weit über das hinausging, was ihnen die Pille geben konnte. Aber Aurora – sie saß genauso da wie die anderen, ohne auf meinen Ellbogen in ihrer Seite oder meine scharrenden Füße zu reagieren. Es war einleuchtend, dass sie bis zum Ende des Gottesdienstes blieb, damit alle sahen, dass sie nicht einfach verschwand, nachdem sie ihre Kunden gemolken hatte, denn wenn der Dealer mit einem trippt, ist die Ware in Ordnung. Nur warum blieb sie auch nach dem Gottesdienst sitzen, noch dazu mit ihrem Bauch, sollte sie nicht bald etwas essen?

Er wölbte sich prall in dem Licht, das durch die Gitterfenster weit oben in der Mauer hereinfiel, und wollte sie genau wie ich zum Aufstehen bewegen, doch es ging Stunden so weiter. Und die Kirche war eigentlich gar keine Kirche, sondern ein kahler schmuckloser Raum mit Betonwänden und zehn Reihen von Klappstühlen, die für diesen Anlass aufgestellt worden waren.

Zu Hause hatte Rory einen Rinderbraten im Ofen und zwei obdachlose Männer am Tisch, die uns freundlich und verlegen ansahen, als wir zur Tür hereinkamen. Dave und Sully, stellte er sie mit einer Handbewegung vor, wir haben uns vorm Kiosk kennengelernt. Aurora verbarg ihre Verwirrung, damit sich die beiden nicht unwillkommen fühlten, ging mit mir im Schlepptau auf sie zu und begrüßte sie, ehe sie sich an Rory wandte, der gerade seinen Kopf in den Ofen steckte, Essen ist fertig. Während der Mahlzeit versuchte er, das Gespräch am Laufen zu halten, erzählte vor allem von Aurora – noch drei Wochen bis zum Termin, aber sie arbeitet trotzdem immer noch acht Stunden am Tag –, während sich ein vorwurfsvoller Unterton in seine Stimme schlich. Ja, wir sind gerade ein bisschen knapp bei Kasse, erwiderte Aurora und sah ihn an, und ab und zu will man sich ja doch einen Braten gönnen. Sie aß nur sehr wenig. Neuerdings nimmt sie auch noch Casey mit, fuhr Rory fort. Ja, sagte ich, ich habe ja sonst nichts zu tun, und deshalb hat Mami mir erlaubt, mit ihr zur Arbeit zu gehen! Und ich habe den ganzen Tag hier gesessen und mir Sorgen gemacht, sagte Rory. Drüben im Park findest du immer Anschluss, sagte Dave und spielte mit einem vielsagenden Doppelnicken auf Sully und sich an. Ich lächelte und fühlte mich ganz erbärmlich und beschämt, weil sie von der Straße direkt in dieses Familiendrama geraten waren, in der ersten Wohnung, die ihre sehnigen Beine vermutlich seit langem betreten hatten. Rory bestand darauf, dass sie ihre Socken auszogen und ihre geschwollenen Füße auf einem Hocker unter dem Tisch ausruhten. Sie saßen sehr unbequem, konnten sich weder entspannen noch aus der zurückgelehnten Haltung entkommen, aus der ihre gestreckten Beine hervorragten. Sie stanken, das rochen alle, noch schlimmer als wir. Als Rory ihnen anbot, über Nacht zu bleiben, geschah etwas, das weit hinausging über den schwelenden Ehestreit und das Unbehagen, darin gelandet zu sein. Dave, der anscheinend das Sprechen für beide übernahm, schlug den Blick nieder und sagte, danke, aber nein danke. Es ist doch arschkalt, und die Unterkünfte, haben die nicht jetzt geschlossen, beharrte Rory, bis Dave sagte: Wir wünschten, wir könnten deine Hilfe annehmen. Ihr seid sehr nette Menschen. Aber verstehst du, es ist nicht leicht, sich in anderer Leute Zuhause wohlzufühlen – es kann sehr traurig sein, warf Sully ein –, und wir können es nicht dir zuliebe tun.

Anschließend, nachdem wir uns verabschiedet und die Tür hinter ihnen geschlossen hatten, standen wir in unseren jeweiligen Küchenecken und starrten in die Luft, die so sehr mit ihrer Ehrlichkeit und unserem ungelösten Konflikt erfüllt war, dass uns nur zwei Möglichkeiten blieben: weinen oder einander anschreien, für uns allein traurig sein oder streiten. Also flohen wir stattdessen direkt ins Schlafzimmer – Rory mit Aurora im Schlepptau durch die Tür, ich durch das Loch in der Wand, und trafen uns im Bett zu einer unentschiedenen Umarmung. Unser Sex zu dritt konnte nie zu jener selbstumspannenden Formation werden, die alles andere ausschließt, dem Kriechtier, das sich selbst in den Schwanz beißt, wir versuchten immer, den Genuss auszudehnen und zu verlängern, über Hände und Münder und quer über die Matratzen, raus aus dem Zimmer, hoch aufs Gebäude und darüber hinaus. Währenddessen kreischte alle zehn Minuten der Zug durch. Die Wassergläser klirrten auf dem Nachttisch. Die Wohnung schwoll rot an vor Hitze im blauschwarzen nächtlichen Ringsherum, die Luft war durchlöchert vom Verkehr, der in alle Richtungen verlief, hinauf zum Satelliten und wieder zurück. Jemand rief etwas, rannte einem anderen nach, ey, du! Autos rasten los und machten kurz vor dem Fußende eine Vollbremsung. Auroras Bauch spannte sich mit sichtbaren Adern, wir behandelten ihn behutsam. Irgendwann kniete ich mit Rory in mir und Aurora schräg vor mir. Ich nuckelte an ihrer Brustwarze und hätte schwören können, dass Milch herauskam, nur ein paar Tropfen. Für einen kurzen Augenblick hatte ich diese körperwarme, zuckrige, ein bisschen zwieblige, ein bisschen zu frühe Flüssigkeit in meinem Mund, und ich verspürte kurz den Impuls, draufloszusaugen, so viel zu trinken, dass sie mich durch und durch erfüllte, und Rorys Schwanz hinausgedrängt wurde, aber mehr kam nicht. Es war nicht so, dass ich keinen Wert auf seine Anwesenheit legte, aber ich trug eine Sehnsucht in mir, allein mit Aurora zusammenzuliegen und reine Milch zu sein. Wenn Rory mich vögelte, fühlte ich mich so spezifisch und abgegrenzt, wie ans Bett geklebt. Am Morgen nach unserer ersten Nacht hatte er Spiegeleier gebraten und gesagt, ich solle bleiben. Es war komisch, am Tag danach im T-Shirt auf einem kalten Hocker zu sitzen und mit ihm zu frühstücken, als wären wir ein Paar, aber dann sagte er: Ich glaube, Aurora freut sich, wenn sie nach Hause kommt und du hier bist. Rory hatte eine Art, ohne sie in der Wohnung zu sein, für die ich ihn wirklich mochte, immer damit beschäftigt, sich um irgendetwas zu kümmern. Sorgsam räumte er Möbel um und Klamotten weg, fegte Krümel vom Tisch, machte das Bett und lüftete. Bestäubte die Pflanzen mit einem Spray und polierte ihre Blätter zwischen zwei Fingern, zählte Geld und überlegte gewissenhaft, welche Suppe er heute kochen würde und welche Zutaten er dafür klauen müsste. Er schaffte es, für alles ewig zu brauchen, als würde er einen Haushalt faken und die Aufgaben so lange ausdehnen, bis Aurora zurückkehrte – vielleicht wollte er mich auch deshalb zum Bleiben bewegen? Damals kam sie noch früh, und gegen Mittag fingen Rory und ich an zu flirten und eine Spannung aufzubauen, in die sie dann direkt hineinspazieren konnte, um sie zu entladen. Wenn er am Vormittag noch nicht dazu gekommen war, ging er später einklauen, und dann küssten Aurora und ich uns begierig, hielten uns aber mit allem anderen zurück, bis er zurückkehrte. Ein großer Teil von mir liebte sie exklusiv, wollte sie sofort und ganz für sich allein haben, aber 1. hätte das ihre Ehe ruiniert; 2. würde ich dann womöglich gezwungen sein, diese Wohnung zu verlassen, oder jedenfalls nicht mehr unter Rorys Obhut stehen; 3. lag mir auch an Rory sehr, und 4. konnte ich mich Aurora nur kraft ihrer Ehe, aus meiner Sonderstellung heraus, überhaupt nähern. Ohne Rory würde ich Aurora ganz verlieren.

Jetzt spähte ich hinauf und sah einen schuldbewussten, aber irgendwie auch fernen Ausdruck in ihren Augen. Ich blickte über meine Schulter und begriff, dass sie Rory antworteten, der sie genauso anschaute wie am späten Nachmittag, als wir zurückgekehrt waren, mit einem gekränkten Blick, aus dem ein Gefühl sprach, das auch ich schon den ganzen Tag neben ihr in der City-Kirche gehabt hatte: Sie bewegte sich von uns weg. Sie war dabei, sich etwas anderem hinzuwenden, das sie dazu brachte, viel länger sitzen zu bleiben als nötig, das Essen und Trinken zu vergessen und auf alles Mögliche Rücksicht zu nehmen, nur nicht auf ihren Job, auf das Kind und auf uns, die zu Hause auf sie warteten.

Ein halbes Jahr später entdecke ich plötzlich das Spiegelbild des Mannes mit dem mattgrauen Trenchcoat in der Scheibe, als ich hinaussehe. Die Hände in den Schoß gelegt, sitzt er am gegenüberliegenden Fenster und lässt sich vom Schwanken des Zuges hin- und herwiegen. Er starrt auf den leeren Platz vor sich, kennt die Umgebung auf dieser Strecke bestimmt in allen Einzelheiten und kann sie deswegen genauso gut verschwommen an sich vorbeiziehen lassen. Wie das wohl ist: ein Dealer zu sein und seine Tage mit diesen effektiven, stummen Geschäften zu verbringen. Auf dem Platz gegenüber Kunden, die er inzwischen wahrscheinlich nicht nur wiedererkennt, sondern auch tatsächlich kennt, aber weder ansprechen noch ansehen darf, nur ein kurzer Blickkontakt, um den bevorstehenden Handel zu bestätigen. Vielleicht geschieht das nicht nur aus Diskretion, vielleicht ist es ihm so am liebsten, eine aufs Äußerste reduzierte Transaktion: im Dunkel des Tunnels mit der rechten Hand einen Zipbag hinüberreichen, mit der linken die Scheine einstecken, aufstehen und das Abteil verlassen, bevor es wieder hell wird. Der Zug fährt in einer sanften Linkskurve auf einen Tunneleingang aus braunen Ziegeln zu, der eine Dunkelheit in meinem Inneren einrahmt. Ich hole zweimal tief Luft, dann blockiere ich meinen Hals, kann in Tunneln nicht mehr atmen, seit Aurora einmal gesagt hat, das dürfe man nicht. Es ist nur eines ihrer Spielchen. Von der Dunkelheit und dem Dröhnen der Maschinen getarnt, stehe ich auf und knie mich auf den Sitz hinter dem Dealer. Tauche mit den Händen synchron in beide Taschen seines Trenchcoats, greife alles, was ich zu fassen bekomme, ziehe die Finger wieder zu mir und verlasse schnell das Abteil.

Eine Stunde darauf klopfe ich bei Rory und Aurora. Sie wiederzusehen schmerzt tief in den Knochen, aber ich brauche das

Geld wirklich. Schon Rorys betretenes Gesicht im Türrahmen bringt mich fast zum Weinen. Er lässt mich herein, und dann stehe ich in der Küche und schaue mich um, blicke auf die tannengrünen Tischplatten mit den ganzen Geldscheinen drauf, auf den Toaster und den Wasserkocher, ins gelbe Licht der Deckenlampe. Ich spüre, wie mein Körper alles in sich einsaugt, weil er alles vergessen hat und jetzt die Chance sieht, alles wiederzubekommen: die Kleiderhaufen, die Fußkälte und die Astlöcher in den Dielen, den Duft von Rorys Suppe, das ausgefranste Loch in der Wand, Rory, seinen vogelartigen Körper in der Küche; all das verschlinge ich und bewahre es in meinem weitläufigen Magen auf. Dann trete ich zwei Schritte vor und werfe einen Blick nach rechts ins Schlafzimmer. Aurora sitzt auf der Bettkante und schaukelt eine Babywiege auf dem Boden hin und her. Es sieht unbequem aus, wie sie den Griff umfasst, ihr Arm ist weit ausgestreckt, sie muss sich so hingesetzt haben, als sie mich kommen hörte. Das Kind ist still und lässt sich zwischen Mütze und Decke nur erahnen. Stupsnase und kleiner, offener Mund. Und?, fragt Aurora, was hast du? Ich hole die Tüte mit den Vokalen aus der Tasche und sage 98 Stück, zwei hab ich selbst geschluckt. Woher?, fragt sie. Mach dir darüber keine Gedanken. Du kannst 30 Pfund dafür haben. Du weißt genau, dass ich die Preise kenne, sage ich, ich will 40, mindestens. Du kriegst 30, sagt sie, noch entschiedener, hör zu, ich will gar nicht wissen, wo du die Pillen herhast, aber wenn unser Mann 100 verloren hat und wir am Tag danach nur halb so viele einkaufen wie sonst, wie sieht das denn aus? Ich muss die 98 so oder so über mehrere Wochen strecken, oder Monate ... Schon gut, sage ich, 30 sind okay.

Ich gab ihr die Tüte mit den Pillen, sie gab mir 30 Pfund.

Ich weiß immer noch nicht, wie es am Ende zu dieser grau-

samen Transaktion gekommen war. Hatte meine Wankelmü-
tigkeit, meine mangelnde Fähigkeit, eine Position 'in ihrem
Streit einzunehmen, dafür gesorgt, dass sie sich von mir ab-
kapselten? Hatte ich mich einfach zu passiv verhalten, wie irgendein Haustier, war ich inzwischen zu verwahrlost? Oder
war es das Kind, die Ankunft des eigentlichen Kindes, die mich
unweigerlich ausgeschlossen hatte? Letzteres wäre eine grau-
same Ironie, weil es höchstwahrscheinlich in der Nacht unseres
Kennenlernens gezeugt worden war. Das hatten wir uns ausgerechnet, als wir an jenem Abend im Bett lagen, nachdem Dave
und Sully zu Besuch gewesen waren, und für einen Moment
hatte ich mich fruchtbar gefühlt oder zumindest empfänglich
für meine Umgebung. An jenem Abend schmiegten Rory und
ich uns von unserer jeweiligen Seite an Aurora, die halb aufgerichtet im Bett saß, beide mit einer Wange und einer Hand auf
ihrem Bauch. So schwanger warst du noch nie, sagte Rory träu-
merisch. Bald haben wir ein Kind hier. Er machte eine Panora-
mageste zum Schlafzimmer, als wäre es ein Showroom für ihr
Leben nach der Geburt. Plötzlich verstand ich, dass das Kind
oder jedenfalls der Traum von einem Zuhause, den das Kind
erfüllen sollte, vor allem Rorys war. Er hatte noch nie zu ir-
gendwas getaugt, aber die Wohnung konnte er täglich herrich-
ten, hegen und vorzeigen. Durch ein hilfloses, lebendiges Wesen würde sein Wirken unentbehrlich werden. Am nächsten
Morgen wurde ich von einer zuschlagenden Tür geweckt,
sprang aus dem Bett und holte Aurora auf halbem Weg zur
Straße ein. Hey, Liebste, du ziehst mich viel zu früh aus dem
Bett!, rief ich lächelnd und packte sie am Kragen. Ich dachte, du
wolltest nicht mit, sagte sie. Ihr Gesicht glänzte erschöpft im
Schein der vorbeifahrenden Autos. Sie sah beinahe verletzt aus
von der Müdigkeit, es war richtig niedlich. Ich verstehe nur

nicht richtig, was sie machen …, sagte ich, warum sie so lange sitzen bleiben. Das kann ich dir glaube ich auch nicht erklären, sagte Aurora, wir meditieren wohl gewissermaßen – ich will aber gern mitkommen, warf ich ein – über unseren Katzenjammer, sagte sie, über den Zustand, der uns danach befällt … Ja, dann komm eben mit.

Die City-Kirche lag im Nordosten von London, Stratford wahrscheinlich, in einem abgelegenen Industriegebiet, zwanzig Minuten zu Fuß entfernt von der Leyton Station, und die Patienten hatten bereits ihre fünf Stunden abgeleistet, als wir um kurz vor elf eintrafen. So würden sie sich den Aufenthalt in der Entzugsklinik finanzieren, erklärte Aurora, durch die Arbeit in den Fabriken, die alle im Besitz jener privaten Firmen wären, an die der Staat seine sozialen Verpflichtungen ausgelagert hätte. Viele Patienten wurden hergeschickt, nachdem sie länger von Sozialhilfe gelebt hatten, eine Kombination aus Entzug und Wiedereingliederung. Auch therapeutisch gesehen erfülle die Arbeit eine wichtige Aufgabe, erzählte Aurora, beim Entzug gehe es darum, die eigene Funktionstauglichkeit wiederzuerlangen, sich täglich beizubringen, dass man zu irgendetwas im Stande war. In den Arbeitshallen hingen Bildschirme, auf denen die tägliche Produktivität angezeigt wurde, und einmal im Monat saß man im Monitorraum und sah *das große Ganze,* um an die Unentbehrlichkeit jedes Einzelnen in der Produktion erinnert zu werden. Aber *ich* habe mich immer vollkommen austauschbar gefühlt, sagte Aurora. An den Tagen, an denen ich am meisten produzierte, hatte ich das Gefühl, alles würde einfach durch mich hindurchströmen. Was stellen sie her?, fragte ich. Turbinen, Platinen, solche Sachen, antwortete sie. Die Glocken läuteten, vielleicht wurden sie auch über einen Lautsprecher auf dem Dach der Kirche abgespielt, und ein paar Minuten darauf kamen die Leute aus den Fabrikhallen auf die Straße, gingen den Bürgersteig entlang und über den Schotterparkplatz. Ihre Bewegungen hatten etwas Ausgedehntes, Zögerliches an sich, diese Menschen brachen auf zu einer weiteren, anspruchsvollen Tätigkeit, noch dazu einer, von der sie nicht sicher wussten, ob sie sich bewältigen ließe, und gleichzeitig lag auch eine gewisse Abgeklärtheit darin, vielleicht ein Glaube daran, dass sich die Anstrengung trotzdem lohnen würde. Auf dem Weg in die Kirche, die eigentlich ebenfalls eine leere Fabrik war, mit nackten Wänden und den Stützen der abgerissenen Schornsteine, die aus dem Dach ragten, kamen sie alle an Aurora vorbei und tauschten bei einem Händedruck oder einer Umarmung ein Pfund gegen einen Vokal. Sie sah blass und professionell aus in der Vormittagssonne.

Drinnen setzten wir uns auf die Klappstühle, schluckten unsere Pillen und lauschten dem Präludium. Nach wenigen Minuten spürte ich, wie das Licht des Vokals meinen Körper ausdehnte und ein alternatives Nervensystem aktivierte, das unmittelbar mit allem um mich herum verbunden war. Mein Schädel und mein Brustkorb umfingen die Halle; die Orgel und die Predigt vibrierten in mir. Als der Pfarrer den Segen sprach, verschmolz er in einem fließenden Klicken mit meiner Wirbelsäule und schob meine Rippen mit den Armen auseinander. Unsere Sucht war unser Erkennungszeichen, das Zeichen einer grundlegenden Schwäche und Ohnmacht, die wir akzeptieren mussten, um Gott in uns verrichten zu lassen, wozu wir selbst nicht in der Lage waren. Und wenn wir von Gott sprechen, meinen wir Gott, so wie *du* ihn begreifst, wiederholte der Pfarrer mehrmals.

Über die Séance nach dem Gottesdienst war wenig zu berichten. In dem leeren, quadratischen Raum gab es weder einen

Altar noch Ausschmückungen, die mich von dem unerträglichen Gefühl einer anhaltenden Lähmung oder seelischen Betäubung nach dem Trip hätten ablenken können. Selbst die Beleuchtung war unbrauchbar, sie schien ohne Schatten und Abstufungen von der Decke herab und stammte sicher noch aus der Zeit, als das Gebäude eine Fabrik gewesen war. Nach ein paar Stunden bekam ich Hunger, und wie musste es dann erst Aurora ergehen, ob sie das Klagen des Kindes in sich wahrnahm? Überhörte sie es so, wie sie mitunter auch ihren eigenen Hunger überhörte? Die Luft war ölig von den Fetten, die hier früher einmal eingesetzt worden waren. Sie setzten sich in die Augen und unter die Fingernägel und verliehen mir ein schleichendes Gefühl von Unreinheit, wie ich es auch von meinem früheren Leben auf der Straße kannte, im unmenschlichen Verkehr aus Menschen und Fahrzeugen. Die Straße ist ein unbegrenzter Raum und kein Wohnort, du kannst unmöglich etwas aufräumen oder einrichten. Nichts um dich herum gehört dir.

Als die Glocken endlich erneut läuteten, zu welcher Uhrzeit genau weiß ich nicht, erhoben wir uns dösig von unseren Klappstühlen und verließen die Kirche gegen den Strom, der an uns vorbei zur Rückseite drängte. Auf der Türschwelle drehte ich mich um, ergriff Auroras Hand und sah die anderen durch eine Doppeltür aus dunkelgrünem Metall verschwinden. Sie traten hinaus auf ein matschiges Feld, in eine Dämmerung, die dunkel in die Kirche hineinleuchtete. Was machen sie?, fragte ich. Die Entzugsklinik liegt am anderen Ende des Feldes, erklärte Aurora und zog mich am Ärmel. Ich blieb trotzdem kurz stehen, versuchte ein Gebäude zu erkennen, sah aber nur den blaugrauen Nebel im Türrahmen, und die Patienten, die davonglitten und darin abtauchten, einer nach dem anderen, mitten auf dem Feld.

Als wir in die Wohnung kamen, sahen uns ein Dutzend verbrauchte Gesichter an, als hätten wir sie mitten in einem Satz oder Gebet unterbrochen. Eine Gruppe obdachloser Männer und Frauen hockten um den Tisch herum, auf den beiden hohen Küchenstühlen, auf dem Boden, an die hintere Wand gelehnt oder auf dem Fensterbrett, die nackten Füße auf Schemeln und Kleiderhaufen gebettet, und der Gestank brachte die Wohnung fast zum Bersten. Vielleicht fünf Sekunden lang war es vollkommen still, bis eine knochige Frau mit langem, eisengrauem Haar am Fenster lauthals lachte und sagte: Damit hätten sie nicht gerechnet, die beiden, was? Guckt sie euch doch mal an! Rory stimmte in ihr Gelächter ein und griff uns albern mit der Hand in den Nacken. Die sind ja vollkommen baff, fuhr die Frau fort, haben die noch nie Leute von der Straße gesehen? Und noch dazu in ihrer kleinen, feinen Stube. Ach, hör doch auf, Ellen, sagte ein etwas jüngerer Mann am Esstisch, lass sie doch erst mal ankommen. Habe ich das etwa nicht getan, sagte Ellen, habe ich ihnen keine Chance gegeben, oder was? Nee, hast du nicht, antwortete der Mann. Ärgere ich sie nicht bloß, sagte sie, *necke* sie ein bisschen? … Immerhin sehen die aus, als hätten sie gerade einen Zoo betreten! Und das ist natürlich *kein Problem*. Das ist völlig *in Ordnung*. Wir *sind* ja auch nur ein paar alte Seehunde, wir alle, oder ein Krähenschwarm, freie Vögel in einem viel zu großen Käfig. Sind wir gar nicht, sagte ein dritter, wir sind höchstens streunende Köter, und dann ließen ihre Augen und Stimmen endlich von uns ab und wandten sich einander zu, sodass wir unsere Jacken abwerfen und uns zu Rory umdrehen konnten, der linkisch in seiner Suppe rührte. Seine Wangenknochen glänzten jungenhaft im Dampf. Draußen vor der Unterkunft … sagte er mit gedämpfter Stimme, ich bin auf dem Rückweg vom Einkaufen dran vorbeigekommen. Und da haben sie gestanden und erbärmlich gefroren, irgendwie war ihre Nummer wohl auch nicht aufgerufen worden, tja, heute Abend ist es da natürlich total überfüllt. In der Nacht soll es ja stürmen. Also habe ich gesagt, sie sollen mit herkommen und sich ein bisschen aufwärmen und was essen ... Ach Schatz, ich würde mir so wünschen, dass wir uns hier um die Leute kümmern, sie einfach nur mit dem Nötigsten versorgen. Dafür ist unser Zuhause ja wohl auch da, oder? *Ihr werdet alle mal alt!*, schrie Ellen und übertönte die anderen. Sie hatte ihren Fensterplatz verlassen, schaukelte in der Mitte des Zimmers umher und leuchtete unter ihrer zerknitterten Haut hervor wie eine Reispapierlampe; ein greises Wesen auf Speed. Ellen, sagte Rory und ging zu ihr. Ruhig legte er die Hände auf ihre Schultern und sah ihr in die Augen, so selbstsicher wie beim Klauen. Verstehen die etwa, wie absurd es ist, sechzig Jahre alt zu sein!, zeterte sie. Ich glaube nicht, dass sie das verstehen, erwiderte Rory. Sie hören nicht auf mich, sie glauben, sie würden eines Tages einfach einschlafen, wenn sie sich dazu bereit fühlen! Aber du weißt einiges, sagte Rory, so viel ist sicher. Ja, guck mich doch bloß an, sagte sie. Mein ganzes Leben habe ich auf der Straße verbracht, habe es damit verbracht, mich aufs Sterben vorzubereiten. Und trotzdem habe ich Angst! Und würde gern noch ein Weilchen am Leben bleiben. Ich habe keine Lust mehr da drauf, kein Stück. Denk jetzt nicht daran, sagte Rory, jetzt essen wir erst mal was. Ich habe Erbsensuppe gekocht. Sie überlegte kurz. Ja, sagte sie dann und sackte in sich zusammen, ich habe plötzlich so einen Hunger.

Für den Rest des Abends umsorgte er die Leute, tat ihnen auf und räumte den Tisch ab, verrückte die Möbel und errichtete mit neuem Schwung weiche Lager aus Kissen. Und gleichzeitig wirkte seine Geschäftigkeit aufgesetzt, er wackelte mit der Hüfte, trug demonstrativ unbeschwert vier Teller Suppe in Auroras Blickfeld, als wollte er sagen: Schau her! So flink und fürsorglich kann man sein, wenn man nicht den ganzen Tag damit verbracht hat, bis zur Erschöpfung auf einer Kirchenbank zu hocken. Ich saß neben ihr, schmiegte mich an sie und versuchte mich in die Position derjenigen mit hineinzudrängen, die er durch seinen Auftritt beeindrucken wollte. Das Gespräch mit den Obdachlosen mied ich. In meinem Augenwinkel waren sie nur eine Wand aus Stimmen, ein grauer Nebel, und ich schämte mich dafür. Aber ich konnte nichts anderes in ihnen sehen als Müdigkeit. Eine tiefe, unsterbliche Müdigkeit, die ins Gesicht eingedrungen und darin zur Normalität geworden war. Zu viel Wetter und schlechter Schlaf, zu viel Lärm, Sucht und Verkehr, mehr konnte man darin nicht erkennen. Und genau das erschreckte mich an ihnen, die Art und Weise, wie ihre Gesichtszüge einem viel zu allgemeinen und kollektiven Zustand gewichen waren. So weit war es bei mir noch nicht gekommen, nicht in den anderthalb Jahren, die ich auf der Straße gelebt hatte, und auch deshalb hatte ich es geschafft, meine einzigen sauberen Klamotten hervorzukramen, mich schick zu machen und in diese Bar zu gehen und mich bis zu Rory und Aurora nach Hause zu flirten. Jetzt wünschten sie eine gute Nacht in die Runde, und ich beeilte mich, ihnen ins Schlafzimmer zu folgen. Da lagen wir nun und lauschten dem Sturm und dem Schnarchen der Obdachlosen. Einer hatte seine Füße durch das Loch in der Wand gestreckt. Ich verspürte den Impuls, sie an den Knöcheln abzuhacken.

Am nächsten Tag im Zug waren sowohl Aurora als auch die Bäume vor dem Fenster, die ich liebte und zwischen denen jetzt langsam die Sonne aufging, für mich tot. In der Kirche, als der Trip langsam abflaute, empfand ich beim Runterkommen die gleiche Unfähigkeit: der Welt nicht mehr die Bedeutung geben zu können, die sie ja hatte, das wusste ich, auch für mich. Stundenlang hockte ich da und spürte diesen Mangel, und er schmerzte genauso tief in den Knochen, als würden sie zerbröseln.

Aurora rief Hallo ins Wohnzimmer und ging sofort ins Schlafzimmer, mit langen, springenden Schritten, um nicht auf jemanden zu treten. Sie waren überall, und es waren mehr als gestern, auf dem Fußboden verstreut, halb liegend, plaudernd und Tee trinkend, wie die Teilnehmer eines merkwürdig verlotterten Symposiums. Ich saß auf der Toilette und fror an den Arschbacken, als sich Auroras Stimme mit einem feindlichen Tonfall durch die Wand bohrte, schnell gefolgt von Rorys. Ohne fertig geworden zu sein, zog ich die Hose hoch, rannte quer durchs Zimmer und stoppte auf der Schwelle zum Schlafzimmer. Hast du überhaupt irgendeine Ahnung, schrie Aurora, was weißt du denn schon, wie das ist? Wenn du so wahnsinnig schwanger bist, warum kommst du dann verfickt noch mal nicht gleich nach der Arbeit hierher und ruhst dich aus? Weshalb bleibst du weg? Weil du das ganze Wohnzimmer voller Leute hast!, rief sie. Genau!, sagte ich und trat einen langen Schritt ins Zimmer, vielleicht solltest du dich lieber ein bisschen mehr um *die beiden* kümmern. Ich deutete mit dem Kopf auf Auroras Bauch. Das ging doch schon viel früher los, lange bevor ich anfing, den Menschen zu helfen, sagte Rory, und *du* brauchst mich gar nicht zu belehren! Du bist ja wohl diejenige, die den ganzen Tag mit ihr unterwegs ist, was denkst du dir eigentlich dabei? Ich passe auf sie auf, sagte ich und schaute Aurora an. Als ich sie dort im Bett stehen sah, mager vorgewölbt wie ein abgenagtes Geflügel, die eine Hand unter dem Bauch, die andere gegen Rory erhoben, wurde mir bewusst, dass ich sie in den letzten Tagen in der Kirche vollkommen vergessen hatte. Ich spürte den Kummer im Bauch wie etwas, das in sich zusammenstürzt, wenn man versteht, dass der Mensch, den man liebt und mit dem man zusammenlebt, einsam ist. Draußen auf dem Flur machten einige Obdachlose Anstalten, ihre Stiefel anzuziehen. Rory rannte sofort hin und stellte sich mit ausgebreiteten Armen in die Tür. Jetzt seid ihr *hier!*, sagte er. Wir möchten uns nicht aufdrängen, erwiderten sie. Aber wir streiten uns doch nur ein bisschen, sagte er und senkte seine Stimme … wie das nun mal ist, wenn man zusammenwohnt. Meine Frau … das hat wirklich nichts mit euch zu tun. Bleibt doch bitte, tut mir den Gefallen! Wieder im Schlafzimmer, trat er ganz nah an Aurora heran und zischte ihr ins Ohr: Du kommst zurück, sobald du dein Zeug erledigt hast. Die unterschwellige Aggression in seiner Stimme erinnerte mich an jenen Abend, als die Suppe auf dem Herd gestanden hatte und in ihrer Abwesenheit abgekühlt war. Plötzlich war er aufgestanden, hatte den Topf gegen die Wand geschleudert und für das Loch gesorgt, durch das in diesem Moment das betretene Schweigen der Obdachlosen hereindrang. Alles war voller Suppe gewesen. Dann schaff uns die Leute vom Hals, sagte Aurora. Nur wenn du zu einer vernünftigen Zeit wiederkommst, erwiderte er.

In der Nacht wurde ich von einem Kratzgeräusch geweckt. Es hielt jeweils fünf Sekunden an und wurde von einer scharfen, kalkartigen Vibration an meiner Wirbelsäule begleitet, als würde jemand langsam mit einer Rasierklinge daran entlangfahren. Zwischen zwei Holzlatten konnte ich das untere Ende eines Gesichts erahnen, einen kleinen, strammen Mund ohne Lippen, der sich öffnete und entschuldigte. Was zur Hölle machst du hier!, zischte ich. Du kannst da nicht liegen, das darfst du nicht. Aber ich bin's doch nur, sagte sie – Ellen, sagte ich – mir gefällt es hier so gut, viel besser als drüben im Wohnzimmer. Ihr Atem war süßlich und trocken. Wir diskutierten eine Weile. Im Dunkeln klang sie harmlos und zerbrechlich, und ich konnte einfach nicht streng sein. Gut, sagte ich und drehte mich auf den Rücken, aber könntest du dann wenigstens aufhören zu kratzen? Ich werde es versuchen, sagte sie und fing kurz darauf wieder damit an. Da kam mir die Vorstellung, dass wir wie ein Ehepaar übereinandergestapelt begraben lagen, Ellen unter mir, unermüdlich an ihrem Sargdeckel kratzend. So ist das für manche Menschen, glaube ich, vielleicht sogar für die meisten; dass sie schon in der Erde liegen und noch das Sterben üben müssen, weil sie zu Lebzeiten nicht mehr rechtzeitig dazu kamen. Ihre gesamte Existenz ist zu einem trockenen Atemhauch in der Asche reduziert, einem Zucken im Bein, dem Scharren von Nägeln auf nassem Holz.

Am nächsten Tag konnte ich nicht mal den Gottesdienst genießen. Der Trip, die Art und Weise, wie der Vokal ein einziges großes, leuchtendes Nervensystem aus mir machte, fühlte sich die meiste Zeit bloß wie eine Möglichkeit an, oder ein Anspruch, den ich nicht erfüllen konnte. Die Gefühllosigkeit und der Hunger, die anschließend einsetzen würden, traten stumpf und flach unter der Euphorie hervor und bändigten sie. Mich erfasste der Gedanke, es könnte nie wieder aufhören, und ließ mich nicht mehr los. Meine Gedärme krampften sich zusammen, und dann spürte ich einen Stich, wie von einem Stück kaltem Eisen, ganz hinten im Bauch. Etwas von mir verschwand durch das Einstichloch, mit einer schnellen, reißenden Bewegung, als wäre es von einem Raubvogel geschnappt und in eine neblige Landschaft ohne Anhaltspunkte hinausgetragen worden, aber das minderte meine Traurigkeit nicht.

Ich verstehe es immer noch nicht, sagte ich, als wir im Zug nach Hause saßen. Aurora wandte ihr Gesicht von der Scheibe ab und sah mich an. Eigentlich war sie hässlich, oder besser gesagt, alle Einzelheiten an ihr waren es für sich genommen: ihre Stupsnase, der schmale, hühnerhafte Mund und die stumpfen Augen, die tief in ihren Höhlen lagen. Trotzdem war sie schön. Ich verstehe nicht, warum du diese Pillen selbst einwirfst … und warum du anschließend sitzen bleibst? O Casey, sagte sie matt, du hast es doch selbst erlebt. Wie würdest *du* es beschreiben? Grässlich, antwortete ich, ich fühle mich einfach nur schwach. Ich auch, sagte Aurora, aber dieses Gefühl … es ist, als würde es zu mir passen. Ich glaube, das bin ich. Hast du Angst?, fragte ich. Wovor? Dem Kind. Warum sollte ich, das kommt ja so oder so? Aber deshalb kannst du doch trotzdem Angst haben? Schräg hinter ihr kam der dunkle Halbkreis des Themsetunnels in Sicht. Er baute sich auf und füllte immer mehr von dem grauen Himmel aus, und als wir hineinfuhren, sagte sie: Ich bin einfach nur müde, Case. Ich habe es so satt, jeden Morgen vor Anbruch der Dämmerung mit diesem Licht im Körper zu erwachen. Mit einem völlig bescheuerten, physischen *Appetit auf den Tag*, obwohl ich eigentlich im Bett bleiben müsste. Und mit einem Kind im Bauch, obwohl ich nicht das Gefühl habe … dass es da sein sollte. Da sollte gar nichts sein. Das erfüllt mich mit Hass. Der Zug jagte durch den Tunnel, über die Schienen ruckelnd und doch voranfliegend, die Dunkelheit erweiterte den Raum, und die Exit-Schilder rauschten vorbei, als wichen sie vor Auroras Gesicht zurück. Ich streckte meine Hand über den Tisch und legte sie auf ihre nassen Hände. Aber Angst habe ich nicht, sagte sie. Ich wusste nichts Besseres darauf zu erwidern, als dass ich ja da sei und mit dem Kind spielen und ihm nachts Milch geben könne, wenn sie eine Pause brauche, und währenddessen sah ich alles vor mir: mich und die Kinder, inzwischen waren es zwei, wie wir in unsere Daunenbetten gehüllt vor dem Fernseher saßen, bevor Rory und Aurora aufgestanden waren. Rory hatte im Wohnzimmer ein Hochbett gebaut.

Die Wohnung war frisch gelüftet und von Schlafplätzen freigeräumt, aber voller Obdachloser, die er draußen zusammengesucht haben musste, als ihm aufgegangen war, dass wir doch nicht früher nach Hause kommen würden. Nachdem er alles laut ausgesprochen hatte, wirkte sein Protest irgendwie sinnlos und impotent. Als würde er in einem Topf Wasser rühren. Früh in der Nacht wurden wir dann auf einer frischbezogenen, aber nassen Matratze wach. Aurora schob uns weg und prustete sich allein durch die Wehen, das Licht der Autos glitt bläulich über ihre Stirn und ihr Haar hinweg. Zwei Obdachlose kamen herein und erkundigten sich, ob alles in Ordnung sei. Hastig scheuchte ich sie wieder ins Wohnzimmer, wo die anderen halb aufgerichtet auf ihren Lagern saßen und nicht wussten, wohin mit sich. Ich fing an, sie ins Bett zu bringen, zog ihnen die Decken bis unters Kinn und legte ihnen die Hand auf die Stirn, hörte jedoch damit auf, als Aurora aus dem Schlafzimmer kam, und rannte los, um die Kliniktasche zu holen. Mitten im Wohnzimmer blieb Aurora stehen und sagte zu Rory, sie würde das Kind nicht kriegen, ehe nicht alle aus der Wohnung verschwunden wären. Er drehte sich zu den anderen um, klatschte dreimal in die Hände und bat sie zu gehen. Mach, dass sie verschwinden!, schrie Aurora. Hektisch zogen sie sich Schicht für Schicht an, schnürten ihre Stiefel und schlurften mit gesenktem Blick an ihr vorbei. Ja, seht mal langsam zu, dass ihr loskommt, sagte Rory. Auch sie, ergänzte Aurora – auch Casey, wiederholte sie, ohne aufzublicken, aber mit einer erschöpften

Kopfbewegung in meine Richtung. Sie muss weg! Rory drehte sich zu mir und war kurz davor, es auszusprechen, als ich ihm von mir aus die Kliniktasche reichte und ging, auf Beinen, die sich uralt anfühlten, über die Türschwelle, durchs Treppenhaus und hinaus auf die Straße.

Ich fuhr mit dem Zug nach Stratford und durchquerte die Kirche, die leer war. Vor mir, noch immer vom Rahmen der sperrangelweit geöffneten Eisentür eingefasst, verschwammen das Feld und der verhangene Nachthimmel zu einem großen Brei. Der Boden taute und nahm mich bis zu den Knöcheln auf. Kein Licht oder Stern weit und breit, nur der kalte, feuchte Wind, der in meiner Vorstellung vom Meer im Osten her wehte. Was sollte ich im Osten? Ich lief auf und ab, in alle Richtungen, rein und raus aus dem Matsch, der wärmer und milder war als die Luft. Meine Augen gewöhnten sich an die Dunkelheit, bis Nebel aufzog. Ich legte mich auf den Bauch und schlief ein. Irgendwann wurde ich von schmatzenden Schritten geweckt. Aus dem klammen, weißen Dunst tauchten erst zwei, dann zehn, dann zwanzig Leute auf und schließlich ein ganzes Völkchen, genauso schlammverschmiert und müde wie ich. Ich glitt zwischen sie und ging mit ihnen. Als wir das Industriegebiet rings um die City-Kirche erreicht hatten, folgte ich ihnen wahllos in eine der Fabrikhallen und bestückte stundenlang Platinen. Nach dem Gottesdienst stapfte ich mit ihnen zurück über das Feld, fand eine freie Matratze in einem Fünfbettzimmer und wurde in die Gruppentherapie eingeweiht: Man sprach abwechselnd eine Viertelstunde lang über das, was in einem los war, während die anderen vorbehaltlos zuhörten und einem halfen, in Richtung der »Schäden« vorzustoßen, zu jenen Orten, wo sich der Schmerz versteckte und auf die man körperlich reagierte, sobald man eine Verbindung zu ihnen aufgebaut hatte: mit Schweißausbrüchen, Zittern, Furzen, Weinen, Gähnen, Lachen. Ich schlief und aß und wusch mich, leistete jeden Tag in einer anderen Fabrik meine fünf Stunden ab. Überall Maschinensummen und eine feste Produktionskette, die ich von Halle zu Halle nachverfolgen konnte. In den am nächsten zur Kirche gelegenen war die Arbeit simpel und manuell. Man schweißte Platinen zusammen, goss Rotorblätter und Ventile, verband Plastik- und Elektronikteile miteinander, führte einige wenige Schritte in einem Prozess aus, der schließlich in einem Prozessor, einer Turbine oder Hauptplatine mündete. Ein Stück entfernt wurden diese dann zu Respiratoren zusammengefügt und in einer parallelen Halle zu Servern. Sie wurden in ein Gebäude von der Größe zweier Fußballplätze weitertransportiert, das mit schnurgeraden Reihen von Serverschränken gefüllt war. Durch einen Riss in der Wand schob man einen Satz Schlüssel und einen Laptop zu mir, und in den nächsten fünf Stunden tat ich dasselbe wie die anderen: spazierte die Gänge auf und ab, schloss meinen Laptop an die Server an, die rot blinkten, und führte auf dem Bildschirm die Fehlersuche durch, bis das Lämpchen nicht mehr leuchtete. Währenddessen konnte ich flüchtig erkennen, was dort gespeichert war: die Daten der einzelnen Patienten, ihre Produktivitätszahlen, Krankenakten sowie Berichte und Abschriften dessen, was sie in der Gruppentherapie gesagt hatten. Vieles war quantifiziert und in Diagramme umgesetzt worden, die ich nicht deuten konnte. Sich frei in der Halle bewegen zu dürfen bedeutete nicht, dass man nicht arbeiten musste, das war mir klar. Aber irgendwann wollte ich sehen, wo die Respiratoren am Ende landeten, und außerdem sorgte der stundenlange Akkord dafür, dass meine Trauer, dieses Gefühl, niemandem etwas zu bedeuten, verschwommen und mechanisch wurde. Ich vermisste Aurora un-

unterbrochen. Eines Vormittags erkannte mich jemand auf dem Parkplatz vor der Kirche wieder und fragte, wo sie steckte. Sie war gezwungen, von hier wegzugehen, antwortete ich, während sich die Leute um mich scharten. Ich soll euch ausrichten, dass ihr ohne sie weitermachen müsst. Es war mir einfach so rausgerutscht, aber sie sahen aus, als würden sie es verstehen. Und ohne die Vokale, sagte irgendjemand, wir müssen mit der Authentifizierung der Abhängigkeit weitermachen. An manchen Tagen, wenn wir über das Feld zurückgingen, zeigte sich ein Raubvogel zwischen den Wolken, und dann legten wir alle den Kopf in den Nacken und sahen zu, wie er mit seinem langen, starren Hals und seinen Klauen hinabtauchte. In der Entzugsklinik hatten wir nachmittags Zeit, um im Freizeitraum auszuspannen. Die Beleuchtung war niedrig und peripher, man bekam Lust, sich auf dem Teppich oder in den Sitzecken niederzulassen und mit den anderen Patienten zu plaudern, oder mit den Pflegern, die im Hintergrund mit irgendetwas beschäftigt waren und jederzeit zu unserer Verfügung standen. Es war immer jemand zum Reden da. Und ich entdeckte ein dringendes Redebedürfnis in mir, eine ganze Datenbank voller Gedanken, Gefühle, Phantasien, Erinnerungen und zitternder Nerven, die plötzlich zugänglich waren. Wenn ich etwas aussprach, fühlte es sich wahr an. Eines Tages verschaffte ich mir dann Zutritt zu dem eingezäunten Gelände, das am weitesten von der Kirche entfernt lag; mit einer gestohlenen Personalkarte und im Kittel, wie ich es vorher bei den Angestellten beobachtet hatte. Das hohe Ziegelgebäude war bis unter die Decke mit raschelndem Lärm erfüllt, wie von Wind, der durch herabgefallene Blätter fährt. Drinnen standen, nur durch Gestelle mit Beatmungsgeräten voneinander abgegrenzt, lange Reihen von Krankenhausbetten, sechzig oder achtzig insgesamt, und beherbergten die Neugestorbenen: warme, atmende, urinierende und pulsierende Leichen, die für Medikamententests und Blutabnahmen zur Verfügung standen, bis es Zeit war, ihre Organe zu ernten. Ich achtete darauf, nicht gegen ihre nackten Füße oder fahlen Gesichter zu stoßen, einige erkannte ich aus der Klinik wieder: Sie hatten sich umgebracht oder eine Überdosis genommen, ich hatte die Pfleger mit dem Defibrillator in ihre Zimmer stürzen sehen.

# Bad Mexican Dog

Der Himmel ist wolkenverhangen, der Strand noch immer von stummen Körpern bedeckt. Ein süßer, schwerer, elektrischer Geruch von Gewitter und Schweiß hängt in der Luft. Es gibt eine Zeit, wenn der Regen unzweifelhaft in den Wolken auftaucht, aber noch nicht die Körper der Strandgäste erreicht hat, eine Zeit, in der sie sich weigern, an ihn zu glauben. Sie bleiben liegen, in 24 Reihen à 20, mit spiegelbraunen Bäuchen und Sonnenbrillen, denn sie haben dafür bezahlt, in der Sonne zu liegen. Die ersten Tropfen fallen, tupfen den Sand dunkel, zerplatzen auf dem Plastik der Liegestühle, vermehren sich, bis sie nicht mehr vom Meer und Himmel und Strand zu unterscheiden sind. Die Gäste klammern sich an die Stiele ihrer Sonnenschirme, aber der weiße Stoff durchweicht sofort und tropft. »Sonnenschirme sind lächerlich ohne die Sonne«, sagt Jia lachend. »Sie stehen ja völlig neben sich.« Die Gäste blicken hilfesuchend in unsere Richtung, aber bei Sturm sollen wir sie sich selbst überlassen. Das hat sich der Besitzer ausgedacht, um sie an die Exklusivität dessen zu erinnern, wofür sie bezahlen. Und an die Vorteile davon, einen persönlichen Boy zu engagieren: Nur Manu ist nach wie vor auf dem Sand unterwegs. Er trägt der französischen Dame die Tasche und beschützt sie mit einer Plane, die er heute Morgen noch im Lager hervorgekramt hat, als er den Regen riechen konnte. Geduckt wandern sie durch die Liegestuhlreihen, biegen auf die Eingangspromenade und kommen an dem quadratischen Bambushaus vorbei; der Bar und Rezeption des Clubs. Eine Ecke des französisch-spani-

schen Wörterbuchs, das die Dame für seinen Unterricht benutzt, ragt aus der Tasche hervor und wird nass, die Seiten
quellen auf. Manus Haar klebt zwischen den Schulterblättern
an seinem Rücken. Als er ihr oben am Boulevard auf die Rückbank des Taxis geholfen hat und die Tür zuschlagen will,
schnellt ein langer, knochiger Arm hervor und zieht ihn hinein.

Nachdem das Taxi verschwunden ist, drehe ich mich um und
schaue auf den Strand, genau wie die anderen: Jia, Ginger und
Bill, der neue Boy, der dünnes, zurückgekämmtes Haar hat und
einen leicht gekränkten Ausdruck in seinem kantigen Gesicht,
wenn er weiß, dass niemand hinsieht. Wir stehen aufgereiht
unter dem Palmblätterdach der Rezeption, im Dampf unserer
Körper, der in der schwülen Luft gar nicht aufsteigen will. Hinter uns steht der Besitzer und raucht. Die Meeresoberfläche hat
sich in einem trüben grauen Nebel aufgelöst, es gibt keinen
Horizont mehr. Auch der Strand ist dabei, zu einem Teil des
Himmels zu werden, Bäche von Regenwasser mit Schmutz
vom Boulevard spülen den Sand weg. Die Liegestühle stehen
neben sich, sie gleichen Insekten, die in einem uralten Tequila
Sunrise treiben, ganz unten verschiedene Rottöne: das Blut
vieler Boys und das Blut, das wir vergossen haben, um sie zurückzubekommen. Der Regen hat es aufgewirbelt, so wie er die
Steine dazu gebracht hat, den erdigen Duft *ihres* Blutes zu verströmen, so wie er das lebende Wasser im Umkleideraum dazu
gebracht hat, über die Ufer zu treten: Zwischen den Strandgästen erheben sich überall kleine, sandige Schleimwesen und
stöhnen, ehe sie im nächsten Moment vom Strom mitgerissen
und aufgelöst werden. Der Regen holt das Beste heraus aus
dem, was da ist. Sein Duft beruhigt uns, das höre ich an unseren Atemzügen in der Luft unter dem Vordach. »Okay, Boys«,
sagt der Besitzer und wirft den qualmenden Stummel über un-

sere Köpfe. »Der Regen lässt nach. Wenn er vorbei ist, will ich Ordnung im Club haben.«

Insgesamt müssen es wieder 480 Liegestühle sein, in 24 perfekten Reihen à 20, und wir sind 4 Boys, es ist eine mühsame Arbeit. Erst kämmen wir den Sand mit breiten Harken, bis er erneut bountyweiß ist. Cremetuben und Tang, Blätter, Verpackungen und Flaschen türmen sich zu Bergen, die wir in den Container hinter dem Umkleideraum auf der Rückseite des quadratischen Bambushauses kippen. Anschließend stellt Jia das Instrument auf, das wir brauchen, um nach einem Unwetter die Ordnung wiederherzustellen: eine fünf Meter hohe Stange, an der Spitze versehen mit einem Kristall, der die Sonnenstrahlen in einem Raster aus orangefarbenen Strahlen zurückwirft. Der quadratische Boden des Kristalls projiziert es auf den Strand. Auf dem Zenit ist die Symmetrie perfekt: Wir rennen in unseren Reihen hin und her und platzieren auf jedem Schnittpunkt einen Stuhl. Als wir die Hälfte geschafft haben, spüre ich, wie mir vor Hunger schlecht wird und die Milchsäure in meinen Beinen zunimmt, aber wenn der Aufbau länger als zehn Minuten dauert, sticht einem das ins Auge. Und es dürfe höchstens leicht flimmern, sagt der Besitzer, eine schwache Vibration in den Reihen, so installiert man die Zeit in diesem Arrangement.

Während ich auf allen vieren im Sand stehe und meinen normalen Atem wiederfinde, legt mir jemand eine Hand in den Nacken und streicht mir übers Haar. Ich blicke zu Manu auf, der im Gegenlicht breit und dunkel aussieht.

»Wo bist du gewesen?«, frage ich.

»Bei der Arbeit«, antwortet er lächelnd und streckt mir eine Handvoll Scheine hin.

»Wir hätten dich und deine Hände eigentlich gut hier gebrauchen können«, sage ich.

»Ach, hör doch auf«, erwidert er. »Du weißt doch, dass ich die alte Krähe nie im Leben anfassen würde. Und das will sie auch gar nicht …«

»So hatte ich das auch nicht gemeint.«

»Sie wünscht sich ein … Enkelkind. Einen jungen, kleinen Freund, den sie kultivieren und mit dem sie konversieren kann. Ihre Altersgenossen wären so langweilig, sagt sie, die hätten jede Leidenschaft verloren.« Er beugt sich herab, packt mich fester im Nacken und legt seine Lippen an mein Ohr. Sein Atem hat die gleiche Temperatur wie die Luft, ist aber trockener. Er sagt: »Du weißt genau, dass ich nie jemand anderen als dich anfassen würde«, und in seiner Stimme schwingt neben Zärtlichkeit auch etwas Aggressives oder Bedrohliches mit. Seit er die französische Dame mit dem Sonnenhut trifft, hat er etwas Grobschlächtiges an sich, als würde ein großer, felsartiger Sonnenschirm einen Schatten auf sein Gesicht und seine Glieder werfen. Jetzt trägt er seinen Körper mehr mit den Schultern als mit der Hüfte. Er spricht mit mir und berührt mich, als wollte er sich mir nähern und dabei gleichzeitig von mir wegkommen. Es macht mich traurig. Es macht mich an. Er drückt meinen Kopf in den Sand und läuft lachend davon. Ich springe auf und spurte hinterher, fange ihn von hinten ein, und wir taumeln ins Meer.

Dann ist es Abend, und er schubst mich vornüber in das Bassin vor der Umkleidebank. Das Meerwasser dampft orange und reicht mir bis zur Mitte der Oberschenkel. Es ist dickflüssig und lebendig geworden, weil wir es Tag für Tag mit den quallenartigen Klecksen füllen, sie haben sich untereinander verbunden und mit dem Salz, kleine geäderte weißliche Eier in prallen Trauben. Ich stehe auf allen vieren vor Manu, der hinter mir kniet und mich mit dem lebenden Wasser füttert, es mir mit der Hand in den Hintern schaufelt. Die Sonne ist jetzt in mir, denn die Sonne versinkt im Meer. Dann zeigt er mir das hüllenartige, durchsichtige Garnelenskelett, das er am Strand gefunden hat, schiebt die Hand in seine Badehose und zieht seinen langen, dünnen Schwanz heraus. »Hast du Lust?«, fragt er und nickt, und ich nicke auch, und dann dreht er den Kopf von der Skeletthülle ab, weicht den Rest im lebenden Wasser ein und zieht sie sich über den Schwanz. Sie schließt sich eng darum, nur die Schreitbeine baumeln frei von der Peniswurzel. Ich lasse mich mit gekrümmtem Rücken im Bassin treiben, sodass mein Hintern aus dem Wasser ragt, mache mich innerlich weich und spüre, wie er in mich hineingleitet: Das Gefühl von etwas Geriffeltem, Kribbelndem im Schleimigen, Kalten. Durch das Loch in der Wand wirft die Sonne eine Lichtsäule aufs Wasser. Manu bewegt sich in mir, meine Wirbelsäule wird zu Gelee. Ich spüre die Eier darin: Ich und die anderen Boys, wir pulsieren ganz unten, wandern langsam durch den Unterleib. Spritzer von dickflüssigem weißen Saft, erst Manu in mir, dann ich mit Eiern in Sonne auf sandigem Grund. Wir holen das Beste heraus aus dem, was da ist. Durch meine glitschige Eihülle kann ich die anderen Eier sehen, ein paar längliche Wesen schlüpfen daraus und schwimmen unbeholfen davon, lachen, verknäulen sich ineinander, rollen im aufwirbelnden Sand herum. Etwas trifft mich im Gesicht, dann spüre ich einen weichen Fuß an meinem Bauch, pralle auf den Boden und werde wieder zurückgeworfen zu den Körpern im Licht. Für einen Sekundenbruchteil lacht mich ein leuchtend rotes Auge durch die Eihülle an. Ein dünnes Bein legt sich über meinen Brustkorb und drückt mich wieder zu Boden, während mich Fühler am Bauch kitzeln. Ich lache und drehe mich zur Hülle, strample und trete mit all meinen Beinen. Und plötzlich bin auch ich geschlüpft und setze mich in Bewegung, mit gebogenem Rücken und Gliedmaßen wie organischen Paddeln bewege ich mich durch das Wasser, ruhig dahingleitend, in einem Tempo, das sich genau richtig anfühlt für meinen kleinen Körper. Die anderen Boys schwimmen auch irgendwo im Wasser. Wir sind alle sehr klein.

Wir wollten gerade das Hotel verlassen, um frühstücken zu gehen, als der Rezeptionist mit den schmalen, müden Augen, der uns Aktivitäten und Restaurants in Cancún empfohlen und mindestens einmal am Tag gesagt hatte, er würde stets zu unserer Verfügung stehen, mit einem Päckchen hinter uns herrannte. Lasses Gesicht erstarrte, als er es überreicht bekam, und fragte, von wem es sei. »Keine Ahnung«, antwortete der Rezeptionist, »es lag auf dem Tresen, als ich heute Morgen kam.« Aber was denn mit der Überwachung sei, fragte Lasse, sie müssten doch etwas aufgenommen haben? Der Rezeptionist schüttelte den Kopf, keine Kameras, und machte schon wieder auf dem meeresblauen Läufer kehrt, der zum Tresen führte. »Keine Kameras?«, fragte ich, hatte mir vorher nie Gedanken darüber gemacht, aber jetzt spürte ich Unbehagen und Wut darüber, dass es keinerlei Überwachung gab, »das heißt, jeder kann irgendwelche suspekten weißen Päckchen anschleppen, ohne dabei gefilmt zu werden?«, und Sicherheitsleute gab es auch nicht, jeder konnte einfach hereinstürmen und wild um sich schießen. Lasse angelte eine DVD und einen maschinengeschriebenen Brief aus dem Päckchen. Wenn wir verhindern wollten, dass die Aufnahmen im Internet verbreitet würden, müssten wir noch vor Mitternacht eine ziemlich beachtliche Summe in einen bestimmten Briefkasten werfen, und gingen wir zur Polizei, würden wir das mit mehr als nur Geld bezahlen. *Remember this is Mexico,* stand ganz am Ende.

Das ist ja wie in einem Film, dachte ich, allerdings nicht sehr lange, denn als wir auf dem Bett saßen und den Film auf Lasses Computer sahen, war es, als enthielte er einen Klon meiner selbst. Ich spürte den warmen, trockenen Mund des Jungen, als er auf der Aufnahme meinen Fuß verschlang, und das elektrische Schaudern, das seine Zunge über meine Zehen in meinen Körper hinaufschickte. Ich spürte die zitternde Stimme in meiner Kehle, als ich ihn erniedrigte. Ich spürte alles genau dann, wenn es auch im Film geschah, was mich davon überzeugte, dass die Frau im Film ein lebendiges, fühlendes Wesen war und noch dazu eng mit mir verbunden. Lasse pausierte den Film, und Melanies heisere Stimme drang an mein Ohr: »Ihr hättet niemals mit in dieses Hotel gehen sollen, das ist Regel Nummer 1: Lass dich nie isolieren. Ihr könnt froh sein, dass man euch nicht ausgeraubt hat.« Ich spürte ihren Sarong an meinem Bein, und erst in dem Moment fiel mir auf, dass sie neben mir auf dem Bett saß. »So schlimm ist es doch wohl nicht?«, fragte Lasse von der anderen Seite und legte seine Hand auf meine Schulter. »Man kann ja sehen, dass wir in die Falle gelockt wurden?« Er startete den Film erneut, und ich konnte nicht beurteilen, wie wir eigentlich rüberkamen, ich merkte nur, dass ich im Film ein Eigenleben entwickelte, und fürchtete deshalb, ich würde es auch in den Köpfen aller anderen tun, die ihn sahen, egal ob sie mich kannten oder nicht.

»Wir zahlen das Geld«, sagte ich.

»Aber Schatz, die verlangen 30 000 Pesos«, erwiderte Lasse.

»Ich will nicht, dass dieser Film an die Öffentlichkeit kommt.«

Während wir Geld abhoben, ging Melanie zum Fahrradverleih, um ihren Ferienflirt Mateo zu fragen, ob wir uns sein Auto leihen dürften. Meine Navifunktion zeigte uns, dass die Adresse für die Übergabe ein Stück weiter im Landesinneren lag, zwanzig oder dreißig Kilometer westlich von dem Stadtteil, wo die Einheimischen wohnten, an einem einsamen Weg in einer hellgrünen Landschaft. Seufzend, widerwillig und übertrieben langsam gab Lasse den Pincode unserer gemeinsamen Kreditkarte ein, mit der wir den letzten Teil des Lösegelds abheben mussten. Er fühlte sich verarscht, das wusste ich, immerhin hatte er Wochen damit verbracht, unsere Reise so billig wie möglich zu planen. Vielleicht bat er deshalb Mateo, der darauf bestanden hatte, uns zu begleiten, an einem Straßencafé in der Altstadt anzuhalten. Ein Ort ganz nach Lasses Geschmack: schmuddelig, fast leer, mit einer spanischen Speisekarte; solche Orte gefielen ihm allerdings nicht, weil sie authentisch wirkten, sondern, weil das Essen meistens günstig war. Ich konnte seinen Geiz noch nie verstehen, jedenfalls nicht aus wirtschaftlichen Aspekten, denn als Gymnasiallehrer verdiente er gut, und seine Eltern schossen ihm etwas dazu, wann immer er es brauchte. Es wirkte eher wie ein Spiel, das er gewinnen wollte, indem er von der anderen Erdhalbkugel zurückkam und tatsächlich etwas gespart hatte, keiner sollte glauben, man könnte *ihm* das Geld aus der Tasche ziehen.

Und dann bestellte er trotzdem das teuerste Gericht auf der Karte und anschließend Kaffee und frischgepressten Saft. Ich hatte keinen Hunger, aber Melanie meinte, ich bräuchte etwas im Magen, ich sei so blass, und spendierte mir eine Portion Huevos Rancheros. Das Chili kurbelte mein System an, und ich schwitzte mich durch die Schale hindurch, die mich einkapselte. Die Luft unter dem Vordach war kühl und vom Staub jener Straße erfüllt, die bergab an der Terrasse vorbeiführte, die Autos brausten in Kopfhöhe vorbei. Ich schüttelte meine Flip-Flops ab und stellte die Füße auf den Fliesenboden. Er klebte und roch synthetisch nach Zitrus. Melanie steckte sich eine Zigarette an und musterte mich prüfend.

»Was ist?«, fragte ich, als sich ihr Blick auf meinem Hals langsam unangenehm anfühlte.

»Du brauchst keine Angst zu haben, Darling«, sagte sie, und kurz darauf, als ich nichts erwiderte: »Ich weiß, es ist nicht schön, sich selbst in einem solchen Film zu sehen … aber es geht ja nur um Geld. Mehr wird nicht passieren.«

»Ja, müssen wir uns denn überhaupt irgendwelche Sorgen machen?«, fragte Lasse an Mateo gerichtet. »Er ist schließlich nur ein Junge, ich meine, was soll er schon machen, wenn wir nicht zahlen?«

»Den Film ins Netz stellen«, antwortete ich.

»Du weißt nicht, wer seine Hintermänner sind«, sagte Mateo. »Ich zweifle daran, dass er allein arbeitet.«

»Aber sollte diese Gegend von Mexiko nicht zu den sicheren gehören?«, fragte Lasse.

»Doch, und die Kartelle haben andere Sachen zu tun, da bin ich mir sicher.« Mateo musste grinsen, verkniff es sich aber wieder, als er Lasses Blick sah. »Falls du die meintest … Er kann alle möglichen Auftraggeber haben, Leute, die Geld brauchen. Und hey, tut mir echt leid, aber ihr steht ziemlich allein da.«

»Was du nicht sagst«, schnaubte ich.

»Betrachte es einfach als Schutzgeld«, sagte Melanie, »eine Abgabe, die du zahlst, um in Sicherheit zu sein. Genau wie zu Hause. Nur zahlst du sie hier eben nicht an den Staat … Und du kannst es dir doch auch leisten, oder?«

»Diese Abgabe ist fast so teuer wie die ganze Reise«, sagte Lasse und blickte auf seinen Teller, wütend und auch ein bisschen beschämt, er hasste es, wenn ihn jemand auf seine privaten Finanzen ansprach.

Habe ich Angst?, dachte ich, während wir aus der Stadt hinausfuhren, vorbei an Supermärkten, Autowerkstätten, mehrstöckigen Betonbauten, Ranches hinter Steinmauern und Gittertoren, ist das Furcht, was ich empfinde? Vor meinem inneren Auge erschien der Junge: auf allen vieren auf dem Balkon, am Strand mit seinen Schulzeugnissen in der Tasche, und mir wurde bewusst, dass sich all meine Gefühle gegen ihn richteten, gegen ihn und Lasse, wie er hinter der Kamera, die mich einfing, vor sich hin gegluckst hatte. Nicht gegen irgendeinen zwielichtigen Drahtzieher, der uns vielleicht / vielleicht auch nicht die Hölle heiß machen würde, wenn wir nicht zahlten, das hatte keine Bedeutung für mich. Die Wolkendecke war dichter geworden. Die Palmen und Platanen sahen im Schmuddelwetter eher immergrün aus, weniger tropisch. »Jetzt regnet es«, sagte ich und deutete mit dem Kopf zur Rückscheibe. Über Cancún zog sich der Himmel zu einem grauschwarzen Pilz mit einem weißen Regenstil zusammen. »Nur auf die Touristen«, erwiderte Mateo und hatte recht: Der Regen sah aus, als würde er über die Isla Cancún wandern, jene langgezogene Landzunge aus Sand, auf der das Ressort erbaut worden war. Die Altstadt lag gewissermaßen im Schutz der Hotelskyline und der Lagune. Lasse streichelte kreisend meine Schultern. Die sanften Bögen der Stromleitungen beruhigten mich. Mateo gehorchte dem Navi und bog links in eine schmale Straße mit blassem, körnigem Asphalt, einer Feldsteinmauer auf der einen Seite und einigen niedrigen Holzhäusern auf der anderen. »Hier bin ich noch nie gewesen«, sagte er. Mit einem spitzen, elektrischen Stoß wurde ich erneut an das Gefühl meines Fußes im Mund des Jungen erinnert, für mich gab es nichts als das: wie seine Zunge die Haut unter meinem großen Zeh berührt hatte, eine Berührung, die uns wider Willen miteinander verband und die sich, jedes Mal wenn die Aufnahme abgespielt wurde, durch ein elektrisches Zittern in meinen Nerven und im Kreislauf des Computers wiederholte. Für einen Moment schien es bedeutungslos, ob der Film an die Öffentlichkeit gelangte, auf irgendeine Weise existierten die Körper und die Bewegungen darin sowieso, ganz gleich, ob er gesehen wurde oder nicht, sie schlummerten im DVD-Laufwerk von Lasses Laptop.

Der Asphalt ging in Schotter über. Zu beiden Seiten wurde die blassgrüne Vegetation dichter und höher, bis sie unsere Sicht völlig blockierte. Nach ein paar Kilometern Fahrt durch diese Landschaft, wo höchstens ab und zu ein bisschen Müll oder Schrott im Graben lagen, hielt Mateo an einem vergilbten weißen Briefkasten, der am Wegrand auf einem Pfahl zwischen Bäumen montiert war. »Hier ist es«, sagte er und prüfte im Rückspiegel die Lage. »Beeilt euch lieber ein bisschen.« Lasse stieg aus und ging zum Briefkasten, hob den Deckel und schaute hinein. Dann richtete er sich auf und spähte in den Wald, und ich erkannte die Aggression in seinem Körper: Seine Glieder verkrampften sich, seine Kiefer und Lippen zuckten, als hätte er Lust, die Bäume, die Büsche und das Gras anzuschreien. »Wir sind hier! Kommt und holt euer Geld!« »Jetzt mach einfach, Schatz«, rief ich auf Dänisch aus dem Fenster. Er sah mich durch die Windschutzscheibe an und warf den Umschlag in den Briefkasten. Als er anschließend wieder um das Auto herumging, trat er gegen einen Baum im Straßengraben, ein halber, entrindeter Baum, der ungefähr den gleichen Umfang hatte wie sein Bein, er wiederholte diese Bewegung pausenlos, während er mit den Armen in der Luft fuchtelte, um den Tritten noch mehr Kraft zu verleihen, und nach sieben oder vielleicht auch zehn Versuchen brach der Stamm endlich durch, und er konnte wieder Luft holen.

Als wir uns umgezogen haben, Garnelenskelett auf Manus Schwanz und in meiner Wirbelsäule weiches Gelee mit Eiern in Sonne auf sandigem Grund, kaufen wir von all unserem Geld Toast und Orangensaft und gehen zu Jia und Ginger. Sie wohnen am Rande der Altstadt hinter der Lagune. Ihr längliches Zimmer in einem Steingebäude ist kühl und feucht, mit gesprungenem Fliesenboden und kratzigen Wänden, doch als wir da sind, wirkt es gemütlich und warm. Wir treten ein und werfen uns auf die Doppelmatratze links hinter der Tür, nur Bill bleibt in der Mitte stehen und sieht sich in dem tristen Zimmer um: Ganz hinten in der Ecke zwei Kochplatten, eine Spüle und ein Toaster, an der freien Wand ein Regal mit einem Radio, das er einschaltet. »Soll ich uns Toasts machen?«, fragt er kurz darauf unsicher und geht mit steifen Bewegungen in die Küchenecke. Als er zehn Minuten später einen Stapel durchgeschnittener Toasts serviert, die sich unter glänzendem, fettigem Käse biegen, blickt Jia zu ihm auf und sagt: »Bill! Das ist aber ein stolzer Käseberg!« »Es sind auch Eier drin«, sagt Bill und lächelt zum Boden hinab. »Komm her, alter Junge«, sagt Jia und packt ihn an den Kniekehlen, sodass er einknickt und auf uns andere fällt, die ihn durchkitzeln und sanft nach ihm schnappen, sich mit dem alten, steifbeinigen Mann im Bett herumwälzen: ein bisschen ängstlich, dass seine schmächtigen Glieder brechen könnten, ehe die Wärme und das Gelee in sie hineinfließen. Er lacht und fließt ein wenig in uns hinaus.

Wir essen und trinken bäuchlings im Bett, der Saft ganz kalt in meinem Hals. Manu zieht den Käse in langen Fäden aus seinem Toast, wickelt sie um seinen Finger und formt verschiedene Tiere daraus, die wir naschen dürfen, wenn wir uns gern in sie verwandeln würden. Seine Hände sind geschmeidig und salzig. Anschließend spielen wir ein Spiel, bei dem wir die

Gäste des Clubs imitieren: den kanadischen Geschäftsmann, die italienischen Frauen mit den goldenen Fächern, das Brandopfer, die Meerjungfrau, Bloody Gary. Wir imitieren ihre Körperform und ihren Gang, die Art und Weise, wie sie in der Sonne baden und uns herbeiwinken, und wenn jemand richtig rät, gibt es eine Telepathie-Runde. Dann muss man sich entscheiden, wer von den anderen die eigenen Gedanken darüber lesen soll, was man gern mit den Gästen machen würde. Ihnen die Eingeweide herausreißen und damit die Liegestühle zu einem Floß zusammenbinden, Salzsäure in ihre Nachsonne kippen, meistens solche Sachen. Aber man weiß nicht genau, wer welchen Gedanken denkt. Er wird aus dem Körper herausgezogen und gleichzeitig in ihn eingepflanzt, genau wie im Club, nur dass wir hier zusammen sind und uns gegenseitig bejubeln und lachen, wenn etwas lustig klingt. Ginger dreht zwischen verschiedenen Radiofrequenzen hin und her, um eine passende Tonspur zur Telepathie zu erzeugen. Ein Mann mit Vollbart und todmüden, wässrigen Augen steckt den Kopf zur Tür herein und fragt, ob wir nicht ein bisschen leiser sein könnten. Und lüften sollten wir auch mal, man könne ja die eigene Hand nicht vor Augen sehen. Durch die Tür dringen zwei aufgekratzte Kinderstimmen zu uns herein und die einer Frau, die sie zu dämpfen versucht. Etwas weiter weg ein Fernseher und brummelnde Männerstimmen. Die Müdigkeit summt in allen Gliedern und zieht mich in Richtung der pochenden Erde tief unter dem Gebäude. Manu setzt sich eine Bratpfanne auf den Kopf und zieht an seiner Haut, sodass sie wie eine Gardine von seinen Knochen hängt. »Die französische Dame mit dem Sonnenhut!«, rufe ich und lande einen Volltreffer, und er wählt mich für die Telepathierunde aus.

Ich stehe vor ihm auf den kühlen Fliesen. Die Luft zwischen

unseren nackten Bäuchen ist stickig und von unserer Wärme erfüllt. Manus Haar klebt an seinen Schläfen und Wangen und rahmt seine Augen ein: dunkel und traurig und ein bisschen ängstlich, aber gleichzeitig von einer Härte, die mich zurückhält. Sein glitzerndes Achselzucken aus Stein, Sonne und Sand breitet das Ressort vor mir auf der länglichen Insel hinter der Lagune aus. Die französische Dame sitzt lesend in einer aufgeknöpften Seidenbluse im Bett, halb aufgerichtet, die Decke über den Beinen, neben sich Pillen und Wein. Manu kommt mit einem Handtuch um die Hüften aus dem Bad und geht zu ihr. »Was spielt sich in seinem Kopf ab?«, fragt Bill und klatscht in die Hände. »Was wird er mit ihr machen?« »Er wird ... sich zu ihr ins Bett legen«, sage ich und sehe es: Die französische Dame legt das Buch beiseite, hebt die Decke und lächelt Manu entschlossen an. Etwas Verzweifeltes fließt in seine Augen, er schüttelt den Kopf. »Neeein«, sagt Ginger, »so ist es nicht!« Manu kauert sich in ihren Armen zusammen, die Hände im Schoß gefaltet, das Gesicht in die Matratze gedrückt. »Nein, nein, das macht er nur, weil er ...« Während ich sehe, wie sie seine Hand nimmt und sie über ihre Hüfte führt, versuche ich mir etwas anderes auszudenken, denn so läuft das Spiel, nur der andere kennt die Wahrheit. »Weil er ihr Feuerquallen ins Bett legen will«, sage ich. »Nur deshalb hat er sich in ihr Zimmer geschlichen!« Manu nickt und versucht, sein Gesicht wieder unter Kontrolle zu bekommen, aber das Wasser in seinen Augen läuft über. Die anderen können es von der Matratze aus nicht sehen und lachen. »Und wenn sie sich dann hinlegt«, fahre ich fort, »verbrennen die Quallen sie durch das Laken hindurch mit ihrem Gift, denn da hat er sie versteckt, auf der Matratze, und sie wird betäubt ... und dann haben die Krabben freies Spiel.« »Die Krabben?«, fragt Bill. »Ja, die fleischfressenden Krabben unter dem Bett«, bestätigt Manu und dreht mir den Hinterkopf zu, während die Jungs auf der Matratze jubeln.

Am nächsten Tag bin ich der persönliche Boy eines amerikanischen Geschäftsmannes, der mir erzählt, das Leben stecke voller Möglichkeiten, das Hirn voller Erfindungen, die meisten Leute würden täglich Gedanken denken, mit denen sie reich werden könnten, seien aber nicht in der Lage, sie aus dem eigenen Kopf herauszuziehen, »mal angenommen, du willst gerade angeln. Das letzte Stück vom Parkplatz bis zum Seeufer musst du zu Fuß zurücklegen, du gehst einen schmalen Waldweg entlang. Die Insekten schwirren herum, die Vögel singen, für eine Sekunde schwebt eine Libelle in der Sonne zwischen den Bäumen, und du plagst dich wie immer mit deiner Angelrute ab. Sie ist zu lang, um sie quer zu tragen, wenn du sie in deinen Rucksack steckst, verfängt sie sich im tiefhängenden Laub, sie will einfach nicht ausbalanciert in deiner Hand liegen, und was du auch machst, immer bleiben Grashalme und Blätter und Schmutz und anderer Mist an der Schnur hängen. Verdammt, warum habe ich keine Hülle für meine Angelrute?, fragst du dich. Warum habe ich keinen Koffer?«

Der Mann ist schon ganz rot im Gesicht von der Sonne und seinem Geschwafel, und er sieht mich an, als müsste ich es auch sein. Er hebt seinen Kopf von der Rückenlehne, sodass die Adern an seinem Hals anschwellen. Ich creme ihn ein und tue so, als würde ich zuhören, während ich die ganze Zeit Manu im Auge behalte, der drei Reihen weiter lustlos zwischen den Liegestühlen hin- und herschlendert. An diesem Morgen war er mit Sonnenbrille, Hemd und einer sandweißen

Hose, die um seine Fesseln schlotterte, aus einem Taxi gestiegen.

»Und in dem Moment hast du genau zwei Möglichkeiten«, fährt der Amerikaner fort. »Entweder stellst du dir diese Frage auch weiter immer wieder, oder du gibst der ganzen Welt die Antwort. Und erfindest den Koffer. Was glaubst du, habe ich gemacht?«

»Sie haben den Koffer erfunden.«

»Ganz genau, aus stoßfestem Plastik, mit seitlichem Verschluss und allem Drumherum!«

Jetzt ist Manu außer Sicht, verschwunden zwischen den Liegestühlen, die glitzern und zittern und alles in ihrem Raster auffangen: die glänzende Haut der Gäste, die Sonnenschirme, unseren schläfrigen Lauf über den Sand, den Lauf der Sonne am Himmel. Die Sonne ist etwas, das wir den Gästen schenken.

»Einer wie du zum Beispiel«, sagt der Amerikaner. »Du müsstest doch haufenweise gute Ideen kriegen, wenn du den ganzen Tag hier rumläufst?«

»Schon«, antworte ich und sehe die Chance, ein bisschen Trinkgeld einzuheimsen: »Zum Beispiel Schuhe oder eine Creme, mit denen ich die Schmerzen in meinen Füßen lindern kann.« Die meisten Leute sind großzügiger, wenn sie Mitleid mit einem haben, und noch viel großzügiger, wenn sie sich ein bisschen schuldig fühlen. Allerdings nicht, wenn man aus dem Blauen heraus sagt, wie es ist, mein ganzer Körper tut weh, das verdirbt ihnen die Laune. »Manchmal denke ich auch darüber nach, wie weit ich kommen würde, wenn ich die Kilometer, die ich hier an einem Tag zurücklege, in einer geraden Linie am Meer entlanglaufen würde.«

Doch dieser Mensch ist völlig unempfänglich, nichts als Geschäftssinn, er sagt: »Das ist ein schöner Gedanke, aber den kannst du niemandem außer dir selbst verkaufen. Du musst das große Ganze sehen. Kannst du mir noch mal den Rücken eincremen?«

Währenddessen erzählt er weiter etwas von Segmentierung und Verbraucherverhalten und dass er inzwischen sogar einen kleinen Computer in seinen Koffer eingebaut habe, mit dem man seine Fangmeldungen *on location* hochladen könne, und seine überspannte Stimme führt dazu, dass ich ihn eine Spur zu schnell eincreme, was den Leuten dieses Fleischgefühl verleiht, das sie nicht leiden können, entsprechend mager fällt mein Trinkgeld aus.

Als ich mitten im nächsten Rücken bin und darauf achte, ihn so langsam und gründlich einzucremen und zu massieren, als wollte ich jede noch so kleine Verspannung kennenlernen, sehe ich, wie Manu aus dem Umkleideraum kommt und vor der Bar stehen bleibt. Mit einer arroganten Geste legt er seine Uhr um, das Handgelenk ausgestreckt, das Gesicht schräg zu Boden gerichtet, die Sonne verachtend. Seine Klamotten sitzen schlecht. Er schenkt dem Strand einen schnellen Blick und schreitet mit aufrechtem, aber etwas hastigem Gang die Holzpromenade entlang. Am anderen Ende steht die französische Dame mit dem Sonnenhut neben dem Clubbesitzer und wartet auf ein Taxi. Ich schleudere die Creme weg und renne los, quer durch das Raster, zwischen den Gästen und Boys hindurch, während sich Manu auf die Rückbank setzt. Der Besitzer und die französische Dame tauschen einen Handschlag, dann wirft er die Tür hinter ihr zu. Als das Taxi ausparkt und in den Verkehrsstrom hineingleitet, stürze ich am Besitzer vorbei auf die Promenade. Ich renne auf dem Gehweg weiter, den Blick auf die rosa Karosse gerichtet, die zwischen anderen Autos auf-

und abtaucht und bald an die fünfzig Meter vor mir und weg sein wird. Dann kommt Manus Hand auf der Heckscheibe in Sicht, die leicht gespreizten Finger ans Glas gepresst. Ich hetze ihr nach, während um mich herum alles flimmert und verschwimmt. Der Verkehrslärm klingt immer ferner, bis ich nur noch das Blut in meinen Schläfen pochen höre, im selben Takt, wie Manus Hand vor meinen Augen wächst. Der Boulevard steigt an und verengt sich zu einer zweispurigen Bergstraße: trockene, braune Erdwände zu beiden Seiten, bräunliche Vegetation mit einzelnen Flecken, grün, gelb, blass, ab und zu nackte Felsen. Und mittendrin Manus riesige, zerfurchte Handfläche, die sich mir entwindet, den Berg hinauf. Sie lockt mich an und verwehrt sich mir gleichzeitig. Ich habe Lust, sie zu küssen. Dann verschwindet sie hinter einem Felshang, und ich breche am Straßenrand zusammen und übergebe mich.

Ein kühler, erdiger Duft von etwas Feuchtem zieht mich wieder auf die Beine und den Hang hinab zwischen Büsche und niedrige Bäume. Ihre Kronen sind zu einem dichten Laubwerk verflochten. Darunter ist es dunkel bis auf ein paar glühende Flecken komprimierten Lichts. Allmählich kehrt das Gefühl in meine Füße zurück, sie pochen und brennen da, wo die Haut abgeschabt ist, sind den Asphalt nicht gewohnt. Mein Hals ist geschwollen und trocken, ganz hinten auf der Zunge der Geschmack von Erbrochenem. Ich würde mich gern auf die kalte Erde legen, mich zwischen die gefallenen Blätter kauern, die wie eine Salbe für meine wunden Füße sind, doch der Geruch von Wasser treibt mich weiter. Obwohl Manu weder heute noch morgen im Club sein wird. Weder im Umkleideraum noch im lebenden Wasser, in der Sonne, auf dem Sand, im großen Raster aus Plastik, Fleisch, Cremes, Sonnenschirmen und

Drinks. Ohne ihn bleibt nur das. Ich will nicht zurück, aber ich weiß nicht, wohin ich sonst gehen soll. Also laufe ich los, nach hinten gelehnt im Zickzack den Hang hinab, der immer steiler und matschiger wird und nur ab und zu von felsigen weißen Flächen unterbrochen ist. Die Wurzeln der Bäume ragen aus dem Boden und bilden knorrige Treppenstufen. Die Luft wird immer dicker, von etwas Muffigem, Fauligem gesättigt. Dreißig Meter weiter unten, hinter einem kleinen Hügel oder einem großen Ameisenhaufen, taucht ein See auf, dunkel und blank. Ich renne los, um die Erhebung herum und das letzte steile Stück hinab, ehe sich das Gelände zu einem modrigen Erdboden mit niedrigen, kriechenden Pflanzen verflacht. Ich lege mich ans steinige Ufer und trinke und weine.

Irgendwann waren wir besoffen und wollten tanzen, und Mateo sagte, er würde da genau den richtigen Club kennen. Mit Lasse und Melanie an der Hand folgte ich ihm auf den Boulevard. Überall tummelten sich Leute, die vom Abendessen nach Hause gingen oder von dort weg, um etwas zu trinken. Es war, als hätte jemand im Kontrollzentrum des Ressorts einen Hebel umgelegt und vom langen, dösigen und viel zu hellen Tag auf die hektischere, sinnlichere Atmosphäre des Abends umgeschaltet. In den Bars lief tropische Loungemusik, die Kellner wurden zutraulicher, die anderen Touristinnen geschminkter und parfümierter. Die Sonne ging unter und dimmte die Beleuchtung auf einen behaglichen, rötlichen Schein, in dem der Teint der Leute gesund und attraktiv wirkte. Ich ertappte mich selbst dabei, Appetit zu bekommen auf das ganze glänzende Fleisch um mich herum, auf all die halbnackten Frauen und Männer und darauf, mich auf der Tanzfläche oder in einem Hotelzimmer an ihnen zu reiben; als versprühten die Ventile in den Markisen der Bars Pheromone. Es hätte mich nicht gewundert, wenn es irgendeine zwielichtige Vereinbarung zwischen Cancún und dem nordeuropäischen Land mit den sinkenden Geburtenraten gäbe, *Do it for Denmark.*

Wir gingen weiter zur Partyzone an der nördlichsten Spitze des Ressorts, ins La Vaquita. Es wirkte wie eine seltsame Mischung aus Stripclub und Kinderparadies: Tische mit Kuhfellmuster, Kinostühle, Tapeten mit Kuhfellmuster, dunkelrote Metallgeländer, die von den Sitzecken hochführten zur Bar und zu einer Tanzfläche mit eingezäunten Podesten. Wir zahlten dreißig Dollar Eintritt und konnten dafür bis zwei Uhr nachts trinken, so viel wir wollten. Das Publikum war bunt gemischt, die meisten sicherlich Touristen aus Westeuropa und den USA, aber es seien auch einige Einheimische da, sagte Mateo. Wir hatten die Tanzfläche wieder verlassen und setzten uns auf eines der gescheckten Sofas an der Wand.

»Da glotzen zu viele«, sagte ich und deutete mit dem Kopf auf die Leute, die am Rand des Podests herumlungerten.

Mateo sagte, er müsse noch viel mehr trinken, bevor er tanze. Aber ich solle wissen, dass er sich hier wohlfühle: der Alkohol, die Musik und die Körpergerüche, die vielen unbekannten Schicksale um uns herum; all das ergäbe für ihn die perfekte Atmosphäre, um »ein bisschen über das Leben nachzudenken«.

»Zu welchem Schluss bist du gekommen?«, fragte ich.

»Dass ich glücklich bin.«

»Und was ist mit Melanie?«, fragte ich, plötzlich mutig geworden, weil wir beide so dasaßen, mit Blick auf unsere Liebsten, die sich auf der Tanzfläche vergnügten. Ich hatte das Gefühl, wir wären Geschwister und könnten über fast alles reden.

»Ich glaube, sie ist auch glücklich«, antwortete er. »Aber sie hat Heimweh. Ich weiß nicht, ob dir schon aufgefallen ist, dass ihr

Blick mitten im Gespräch manchmal abschweift und plötzlich ganz fern wird? Oder wenn man sich gerade irgendeine Sehenswürdigkeit anguckt ... sie ist zu viel gereist.«

»Ja, aber ich meinte eher, wie es *dir* mit ihr geht? Denn irgendwann wird sie ja weiterziehen?«

Er überlegte, ehe er antwortete. »An Touristen erinnert man sich anders als an andere Leute.«

»Was ist mit dir?«, fragte er einen Moment später. »Wie geht es *dir* mit *deinem* Freund?«

»Gut«, sagte ich, »ich bin glücklich ... Lasse kann manchmal ein bisschen gestresst sein ...«

»Ja, er wirkt wie einer, der gerne mal ausrastet. Der arme Baum ...«

»Aber er würde mir nie was antun!« Ich sah Mateo entschieden an, und vielleicht auch ein bisschen wütend, aber ich war mir nicht sicher, ob er mir glaubte. »Er ist ja eigentlich nur auf sich selbst wütend ... Du darfst auf keinen Fall verraten, dass ich das erzählt habe, aber manchmal schlägt er sich selbst.«

»*Aha*«, sagte Mateo ein bisschen skeptisch.

»Also, er haut sozusagen einfach auf sein Gesicht ein, bis er nicht mehr kann. Als wollte er etwas austreiben.«

»Wie kannst du ihn dann je kritisieren? Ich meine, wenn er sich zum Beispiel selbst was antut, während ihr euch streitet ... macht er das, wenn ihr euch streitet?«

»Ja, meistens. Oder wenn ich ihm sage, dass mich etwas verletzt hat ...«

»Aber dann ist ja gar kein Gespräch mit ihm möglich? Wie sollst du da überhaupt sauer auf ihn sein? Wenn du mal das Bedürfnis danach hast?«

Mateo kann mich mal, dachte ich, was weiß der schon von Lasses Schamgefühl? In Wirklichkeit ging es doch nicht mal von

Lasse selbst aus, sondern von mir oder von seinem Bewusstsein, mich in eine unangenehme Situation gebracht zu haben. In Wirklichkeit war die Scham immer etwas Soziales oder Zwischenmenschliches oder wie auch immer man es nennen wollte, aber irgendwo auf dem Weg in den eigenen Körper hinein kappte sie dann alle Verbindungen und schien plötzlich nur noch einen selbst zu betreffen. Ja, genau dazu führte die Scham, dass es nur noch um Lasse ging! Ich hatte die Zärtlichkeit satt, die ich für ihn empfand, wenn er sich selbst schlug, ich hatte keine Lust darauf, er musste sich endlich aus sich selbst befreien.

»Du weißt schon, dass ihn im Hotel alle hassen, oder?«, fragte Mateo, als ich nichts erwiderte. Seine Stimme hatte plötzlich einen groben und angeberischen Unterton, vielleicht war er betrunkener, als ich gedacht hatte.

»Wovon redest du?«, fragte ich.

»Die Rezeptionisten, die Putzleute, sie glauben alle, er würde Unglück bringen … Das liegt einfach an seiner Art, an dieser nervösen Energie, die er verbreitet, die beunruhigt die Leute.«

»Und was weißt du darüber?«

»So einiges, mein Freund Cristo arbeitet in eurem Hotel am Empfang. Und natürlich reden wir über unsere Arbeit.«

»Na gut, Hass ist vielleicht zu viel gesagt«, fügte er kurz darauf hinzu und erklärte mir, für die Lokalbevölkerung sei es ermüdend, ja geradezu vernichtend, dass es keine Saisons gebe. Natürlich hätten sie die Regenzeit und dann die zehn Tage Ende April, wo die Quallen an den Strand kämen, um sich zu paaren, aber keinen Winter, in dem die Touristen fernblieben und die Einheimischen sich selbst überließen.

»Unsere Liebsten haben sich jedenfalls gefunden«, sagte ich mit einem Blick auf die Tanzfläche. Mateo warf einen gleichgültigen Blick auf Lasse und Melanie, die lachend umeinanderkreisten, und verschloss sich meinem Versuch, die frühere Vertrautheit wiederherzustellen. Jetzt legten sie gerade abwechselnd mit geschlossenen Augen den Kopf in den Nacken und schüttelten den ganzen Körper, während der andere mit den Händen davor herumwedelte. Der Raum war verräuchert und von roten Scheinwerferstrahlen erfüllt, die ihre feuchten Gesichter glänzen ließen. Sie tanzten bis zur Erschöpfung, dann kamen sie zu uns und gaben uns einen Kuss auf die Wange, nippten an ihren Drinks, tanzten erneut, tauchten mit irgendwelchen neuen Freunden wieder auf und immer so weiter, fast die ganze Nacht, bis ich sie nicht mehr erkannte. Die Drinks waren stark und wurden uns in Halbliterbechern mit Plastikdeckel und Strohhalm gebracht. Ich sank tiefer ins Sofa, Mateo redete immer unzusammenhängender. Irgendwann sprach er mit mir, als würden wir uns gar nicht kennen: »Und, wie gefällt dir Cancún?« »Welchen Strand findest du am schönsten?« »Und was ist mit den Mexikanern, was hältst du von denen?«

»Die sind total lieb«, antwortete ich, »und so zuvorkommend!«

»Ja, das stimmt. Aber manchmal auch ein bisschen aufdringlich, findest du nicht? Du gehst den Boulevard entlang, und da stehen sie und locken dich in die Restaurants. Du liegst am Strand, und sie kommen an und wollen dir ihren Service anbieten. Oder du bist in deinem Hotel, auf deinem Balkon, ja sogar in deinem Zimmer, und sie sind einfach da, sie sind immer irgendwo. Aber weißt du was? Wir sind gar nicht überall. Die Touristen sind es …«

Und mehr hörte ich nicht, denn im selben Moment fiel Melanie von der Seite auf mich und schrie mir ins Ohr: »Dein Freund ist echt der perfekte Tanzpartner!« Ich blickte zu Lasse, der gerade versuchte, Mateo auf die Tanzfläche zu zerren, und fragte sie, warum. »Er hält alle anderen Männer weg!«

Als Lasse eingeschlafen war, ging ich auf den Balkon. Jetzt war kein Verkehrslärm zu hören, nur gedämpfte Stimmen und leises Geschirrklappern. Ich konnte gerade so die letzte Ecke der Terrasse sehen, wo der Rezeptionist Cristo mit zwei anderen Männern saß und trank, sicher Freunde, die ihm während der Nachtschicht Gesellschaft leisteten. Hatte Mateo auch dort gesessen? Hatte er in unser Zimmer hineinschauen können? Unten erstreckte sich der Boulevard mehrere Kilometer weit in beide Richtungen, ein glitzernder Streifen aus Hotels, Clubs, Tattoo-Studios und Restaurants im dunklen Meer. Wenige hundert Meter den Strand hinunter lag der *Big Cat Beach Club,* wo wir dem Jungen begegnet waren, der uns mit seinen Aufnahmen in die Falle gelockt hatte. Ich spürte ihn, wie ein Tier ein anderes Tier in der Dunkelheit spürt. Ich ging wieder hinein und setzte mich mit dem Rücken zu Lasse im Bett an den kleinen Schreibtisch, dann stöpselte ich die Kopfhörer in seinen Computer und startete den Film.

Ganz am Ende, nachdem ich versucht hatte, mich in meine Rolle einzufinden und den Jungen getreten und beschimpft hatte, blickte ich verzweifelt in die Linse und sagte, ich wolle nicht mehr. In den nächsten fünf Sekunden fühlte ich Lasses passive Anwesenheit hinter der Kamera, seinen Schweiß und seinen schweren Atem, eine seltsame, gespenstische Befriedigung, die ihn etwas zu lange zögern ließ, ehe er die Aufnahme stoppte. Irgendetwas veranlasste mich dazu, zurückzuspulen und diese fünf Sekunden wieder und wieder zu sehen, und schließlich entdeckte ich ihn: einen ultraschnellen Glitch, der das Bild wie ein verschwommenes Raster zerschnitt. Als bewegten sich die Partikel, aus denen das Bild bestand, für einen kurzen Moment auf eine Weise, die der Computer nicht deuten konnte. Dadurch hatte ich das seltsame Gefühl, die Partikel besäßen ein Eigenleben und würden sich tatsächlich an uns erinnern, an die Lichtwellen, die wir genau in diesem Moment reflektierten, ich, der Junge und die Dinge, die uns umgaben: der Himmel, das Meer, die Laternen und Palmen, der Plastikstuhl und die Fliesen, auf denen er lag, mit einem stumpfen und fernen Blick wie eine Schutzschicht gegen die Abscheu in meinen Augen und meinen Fuß in seinem Mund.

Ich ging ins Internet und suchte nach »beach boy licking tourist feet«, »young boy pushed around by tourists on balcony«, »tourists using mexican boy as a table«, bis ich auf einer Seite mit lauter Bildern von Jungen in Badehosen landete. Ich klickte auf eines davon und wurde gebeten, mich einzuloggen, und als ich gerade aufgeben wollte, erschien automatisch Lasses E-Mail-Adresse, und ein Passwort schrieb sich ins Feld. In dem Moment schwoll er im Bett hinter mir an und wurde immer größer, seine Augen glitten schmierig über meinen Nacken und Rücken. Hinter dem Log-in warteten die Filme. Es gab Szenen, die an meine erinnerten, aber auch welche, in denen die Jungen allein mit einem Badeball oder einem anderen Spielzeug im seichten Wasser standen. Es war ein Gefühl, als würde ich neben Lasse im Bett liegen, ohne aufstehen zu können. Während die Sonne aus dem Meer und ins Zimmer hineinkroch, sah ich einen Film nach dem anderen. Einige der Touristen gingen brutaler mit den Jungen um als andere. Alle Jungen hatten den gleichen stumpfen Ausdruck in den Augen. Ich fand auch den Jungen aus dem *Big Cat Beach Club*, und später mich selbst mit seinem Fuß im Mund. Aber es gab nur einen Film mit mir und viele mit ihm, zwanzig oder dreißig vielleicht.

Der Strand hat nichts Besonderes an sich, denn ich bin ein Beach Boy, nur der Himmel und das Meer wecken Sehnsucht. Bill hat mir erklärt, woran das liegt, er sagt, ihr tiefes Blau entstehe durch das Licht, das gestreut wird, wenn die Sonnenstrahlen auf die Atmosphäre treffen, Licht, das nicht bis zu einem heranreicht und einen berührt, sondern die Ferne erfüllt. Er geht mit nüchternen Bewegungen über den Sand, aufrecht und voller Kontrolle. Er kennt das Gewicht eines jeden Gegenstands und die Kraft, die man braucht, um ihn anzuheben: Sonnenschirm, Cremetube, Handtuch, Drinks, in seinen Händen verlässt alles den Boden im gleichen Tempo. Eine Woche nachdem er Bill eingestellt hatte, feuerte der Besitzer zwei andere Boys. Manu ist auch weg, und wir hasten erschöpft hin und her, um die Gäste in unseren Bereichen zufriedenzustellen. Nie bleibt mir Zeit, um stehen zu bleiben und das große Raster zu betrachten oder mit dem Blick nach den anderen Boys zu greifen, und wenn ich es tue, sind sie gerade hinter einem Schwarm sonnengebräunter Hände verschwunden, die mich herbeiwinken: Ich nehme Bestellungen entgegen und hole Getränke, justiere Sonnenschirme, verteile Sonnenschutz und Nachsonne, ohne mich groß zu verstellen. Ich verstehe, was Jia meint, wenn er sagt, der Club sei eine einzige große Sonnenökonomie: Alles, was ihn ausmacht, vom funkelnden Raster der Liegestühle bis zu den Cremes, die wir den Gästen anbieten, ist von der Sonne abgeleitet und bildet ihr Haus. Wenn die Touristen es betreten und sich hineinlegen, werden sie zu Sonnenbadern. Inzwischen sind wir zu wenige, als dass mehr als zwei von uns auf einmal persönliche Boys werden können, also teilen wir das Trinkgeld abends unter uns auf. Und natürlich sage ich ja zu allen Nebenjobs, die mir angeboten werden: Putz- und Tischszenen, Hunde- und Katzenszenen, und in sämtlichen davon stehe ich auf allen vieren vor den Touristen, die sitzen und mir Befehle erteilen, die mich so treten und beschimpfen, wie der Besitzer mich angeleitet hat, sie anzuleiten. Die meiste Zeit vermisse ich Manu. Manchmal bin ich am frühen Morgen allein am Strand, bevor der Club öffnet, stakse spielerisch durchs stille, glitzernde Wasser. Ich erblicke den großen roten Badeball, hebe ihn über meinen Kopf und sehe das Wasser von seiner Unterseite tropfen. »Das bist ja du, mein Liebling! So groß und rund …« Ich sage es mit einer Stimme, die ganz oben im Hals sitzt, mit viel Luft, »um ein Vielfaches größer als mein Kopf.« »Du bist ja ganz aufgeblasen, so stramm und glatt«, sage ich und reibe mir den Ball über den Bauch, um dieses rubbelnde Plastikquietschen zu erzeugen. Dann umarme ich ihn mit einem Lachen und versuche auf ihm durchs Wasser zu gleiten, ehe er sich um die eigene Achse dreht und mich abwirft. Während ich dort stehe und mit ihm schmuse, hole ich die Nadel aus meiner Unterwassertasche, und das ist das Schwerste: mich abzukoppeln von meinem Arm, der die Nadel zum Ball führt, mich abzukoppeln von meiner Furcht vor dem Knall in meinen Ohren und dem Plastik, das gegen meine Haut schnalzt, ich möchte bis zuletzt mit ihm spielen und kuscheln und es genießen. Auf keinen Fall zeigen, dass ich den nächsten Augenblick mit dem ganzen Körper fürchte. Und wenn er dann eintritt, darf ich nur »Uff« sagen und albern grinsen und das schlaffe Plastik im Wasser keines Blickes würdigen.

Nach fünf oder sechs Aufnahmen am Stück schickt mich der Besitzer in den Umkleideraum. Ich kann gerade mal zehn Minuten im lebenden Wasser liegen, das meine geschwollene Haut beruhigt, ehe ich höre, wie sich die anderen Boys nähern, und schnell aus dem Bassin springe. Die Tür geht auf, sie verteilen sich in einem Fächer aus Licht auf der Bank, der sich anschließend wieder zu einem goldenen Strang im Türrahmen zusammenfaltet.

»Du bist aber früh wach«, bemerkt Ginger und zieht seine Jeans aus.

»Ich konnte nicht schlafen«, sage ich. »Hab einfach nur an der Lagune gesessen und gewartet, bis der Morgen kam.«

»Echt?«, fragt Ginger. »Ich komme gerade gar nicht aus dem Bett und falle sofort um, wenn ich nach Hause komme. Alles ist so viel härter geworden, seit Bill hier ist und alle anderen überflüssig geworden sind.«

»Das hat nichts mit Bill zu tun«, sagt Jia aus der Ecke. »Verstehst du nicht, dass das ein Versuch ist, uns unter der Sonne einzusperren. Genau wie die Sonnenschirme. Er will uns auslaugen.«

»Du und deine verdammte Sonnenökonomie«, erwidert Ginger und wendet sich Bill und mir zu.

»Der Besitzer versucht uns im Haus der Sonne einzusperren«, sage ich, nicht so sehr weil ich weiß, dass es wahr ist, sondern um das Gespräch von Bill wegzulenken, der links von mir sitzt und nervös atmet, seine trockenen Schultern gleiten an meinen auf und ab. Er muss spüren, dass ich im Bassin gelegen habe.

»Ja«, sagt Jia. »Er will nicht wahrhaben, dass die Sonnencreme und die Nachsonne für uns etwas anderes sind als einfach nur Produkte, die man vor und nach der Sonne benutzt, oder die Gäste als etwas anderes als Sonnenbader. Oder die Sonne als etwas anderes als ...«

»Scheiß auf die Gäste«, sagt Ginger.

»Ja, scheiß auf die Gäste. Aber die Sonnenschirme ...«, sagt Jia und legt Ginger die Hand auf die Innenseite des Oberschenkels. »*Para-sol, Para-sol*«, sagt oder singt er beinahe, mit einer hellen Stimme, verspielt und kraftvoll, während er seine Hand kreisend zwischen Gingers Beinen bewegt. Ginger will ihm widersprechen, gerät jedoch ins Stocken und schiebt seinen Schritt vor, in die Schale, die Jias Hände formen. Die Sonne geht auf und leuchtet durch die geflochtene Wand. Ein fluoreszierender, orangefarbener Nebel steigt aus dem Bassin vor der Bank auf und legt sich wie Gelee auf meine Füße.

»*Para-sol*«, sage ich genau wie Jia, und das Wort formt sich wie ein Trichter in meinem Mund. »Aber was soll das bedeuten?«

»Weiß ich doch nicht«, antwortet Jia lachend.

»Hast du Lust?«, fragt Bill, und ich nicke, und er nickt auch, und ich gebe ihm ein Garnelenskelett aus dem Haufen, den wir unter der Bank gesammelt haben. Wir holen das Beste heraus aus dem, was da ist. Jia und Bill schubsen Ginger und mich vornüber in das Bassin, springen lachend hinterher und füttern unsere Arschlöcher mit den Eiern aus dem lebenden Wasser, während wir im Chor singen: »*Para-sol, Para-sol ...*«

Als wir uns umgezogen haben, die Garnelenskelette auf Bills und Jias Schwänzen in unseren Wirbelsäulen weich und durchsichtig mit Eiern in Sonne auf sandigem Grund, gehen wir hinaus auf den Strand. Die Liegestühle, der Sand und die Sonnenschirme sind gleich weiß, sie strahlen wie eine riesige Cremeschicht. Die Flaggen mit dem Löwenlogo hängen schlaff an den

Stangen am Boulevard. Die Holzbohlen der Eingangspromenade sind glatt geschliffen und haben weiche Furchen, ich be-
trete eine nach der anderen, sie streicheln meine Füße. Gingers
Hand liegt flach auf Bills Lende, Bills Hand auf meiner und
mein Arm auf Jias Schulter, und als wir uns loslassen und auf-
teilen, spüre ich eine seltsame Schwere im unteren Rücken:
eine Hülle mit Eiern, eins für jeden Boy, als hätte ich uns alle
im Umkleideraum in mich aufgenommen, um den Arbeitstag
nicht allein durchstehen zu müssen. Während Jia und Ginger
mit jungenhaftem, wiegendem Gang auf ihr jeweiliges Paar
mittleren Alters am Ende der Promenade zusteuern, mache ich
mich harmlos und schmalhüftig für die Blicke der drei jungen,
muskulösen Männer, die mir entgegenkommen. Bill lässt sich
ein bisschen zurückfallen, damit die beiden skandinavischen
Frauen auf ihn zugehen können, als hätten sie es selbst entschieden. Die ersten Stunden, ehe es im Club voller wird, müssen wir nutzen, um gutes Geld zu verdienen.

»Hey Jungs, willkommen im Club«, sage ich aus zwei Metern Entfernung und verbeuge mich nicht allzu demütig. »Was
haltet ihr davon, wenn ich heute Morgen euer persönlicher Boy
werde? Schatten, Sonne, Eincremen, Drinks und Snacks, was
immer ihr wünscht – ich kümmere mich darum.«

»Ich glaube, das Eincremen kriegen wir allein hin«, antwortet der eine mit einem breiten amerikanischen Akzent aus dem
Mittleren Westen.

»Aber ein paar Drinks wären doch nicht schlecht?«, erwidert
der andere und wirft seinen Freunden einen unschuldigen Blick
zu.

»Na dann, mir nach«, sage ich und führe sie in meinen
Bereich. Auf der Promenade passieren wir Bill, und während
er mit seinem eleganten Diener die beiden Frauen begrüßt,

kommt ein nervöses Kind in ihm zum Vorschein, schlaksig und kontaktsuchend. Die Eier werden praller, etwas schlüpft. Ich knie mich hin und breite auf drei Liegestühlen Handtücher aus. Die Typen bestellen drei Long Island Iced Teas und eine Tüte Erdnüsse. Es wirkt irgendwie gierig, wie sie sich in ihren winzigen Badehosen und mit ihren prallen, glattrasierten Beinen und Brustkörben in die Sonne legen. Sie schmieren sich mit Bräunungsbeschleuniger ein, *Australisches Gold,* er lässt sie glänzen und hebt sie zur Sonne empor, drei Bronzeplatten, die über dem Sand hängen und anschwellen.

Ich drifte gleichmäßig durchs Wasser, angetrieben von meinem Hinterleib: seine fünf Schwimmbeinpaare sind, leicht versetzt, in konstanter Bewegung. Ich muss nur in Schwung kommen, dann verpflanzt sich die Bewegung in die einzelnen Glieder, bis sie sich wie ein summender Organismus anfühlen, der mein eigener ist und zugleich fremd, und mein Schwanzfächer dient mir als Steuer. Und da kommen die anderen Boys zu mir herangeschwommen, zeigen sich am Rande meines Panoramas: drei graubraune, halb durchsichtige Garnelen mit gezacktem Stirnstachel und dunkelroten Augen auf Stielen. Wir gleiten über den leeren Sandboden, weg von der Küste, wo das Wasser bis zum Bersten mit Licht gefüllt und von Menschenbeinen durchbohrt ist. Wie eine Sonnenfinsternis fällt der Schatten eines Menschen mit Schwimmreifen auf uns herab. Etwas Unausgewogenes, Bittersaures und Fremdes im Wasser bringt mich dazu, meinen Mund und die Kiemen zu schließen. Ich flashe ein gelbes, gezacktes Muster über meinen Rücken, sehe, wie der Körper mit dem Schwimmreifen einen Schleier von Sonnencreme hinter sich herzieht, und werde schneller. Als ich endlich weit genug von dem Bitteren entfernt bin, pumpe ich Wasser durch die Gallen und spüre, wie sich der Sauerstoff mit all seiner Klarheit in meinem Körper ausbreitet. Unsere Schwimmbeine treiben uns in der Tiefe voran über einen Boden mit niedrigem Tang und Seegras. Unter den großen, gekrümmten Blättern verschwindet alles Licht im Wasser, aber ich bin nicht allein. Der Abstand zum Boden, die anderen Garnelenboys, all das meldet sich durch meine Fühler: All das ist auch in meinem Skelett. Mitten auf meinem Körper erstarrt es in einem festeren Rückenpanzer, der meinen Kopf und meinen Vorderleib zusammenhält und hinter den Augen in einer hornähnlichen Spitze endet.

Auf dem Zenit haben wir Stress, alle wollen Wasser und kalten Wind und Sonnencreme auf ihren Körpern. Selbst die drei Amerikaner, die sich einmal in der Stunde systematisch eingeschmiert und ihre Position gewechselt haben, um überall Sonne abzubekommen, möchten jetzt von aufgespannten Schirmen beschützt werden. »Seid ihr sicher, dass ich euch nicht einschmieren soll?«, frage ich, als sie sich vergeblich nach ihren Rücken strecken, »gegen eine kleine Spende?« Als ich hinzufüge, dass ihre Muskeln nach all dem Training doch schmerzen müssten und sie sich eine kleine Massage bestimmt hart verdient hätten, scheint das endlich der Fürsorge zu entsprechen, die sie erwartet haben; auf jeden Fall werden sie unter meinen Händen zu willigem, nachgiebigem Fleisch und erzählen mir von ihrem Fitnessprogramm. Währenddessen fällt mir eine junge Frau auf, die ganz reglos oben auf dem Boulevard steht und mich anstarrt. Ich kann ihr Gesicht von hier aus nicht sehen, nur dass es mir zugewandt ist, wie auch ihr ganzer Körper. Fünf oder zehn Sekunden steht sie so da, als wäre sie kurz davor, zu mir herunterzukommen, doch dann scheint sie es sich anders zu überlegen, die Spannung weicht aus ihrem und meinem Körper. Hinter mir auf dem Meer tutet ein Frachtschiff. Sie dreht sich um und steigt in ein Taxi, das ausparkt und in den glitzernden Verkehr hineingleitet.

Als ich auf dem Weg nach oben bin, um Drinks für die amerikanischen Typen zu holen, blicke ich über den Club und kann plötzlich nicht anders, als über all die verhassten Dinge zu lachen: die sonnenverblichene Eingangspromenade, die sich von der Rezeption hinab bis zu den Liegestühlen erstreckt. Die Liegestühle, die in ihrem großen, vibrierenden Raster ein bisschen Zeit auffangen und die Sonne im Zenit fixieren. Die Badegäste, die gierig in der Sonne liegen, sich ihr vorbehaltlos hingeben und ihre Strahlen überall auf ihren Körpern haben wollen, um sich im nächsten Moment mit allen Mitteln vor ihr zu verbergen: Fächer und breitkrempige Hüte, Wasser in Flaschen, Sonnenschirme, schützende und kühlende Cremes, Vorund Nachsonne, lindernde Mittel für die Anbeter einer Sonne, die sie bald verlassen oder zu sich holen wird. Alle Dinge sind lächerlich ohne die Sonne. Schattenlose Gegenstände unter freiem Himmel, durchleuchtet und verurteilt zu einem dunklen Leben auf dem Sand, in der Haut, unter dem Meer.

Mit meinem Schwanzfächer steuere ich langsam hinab zu einem Stein aus abgeworfenen Skeletten zwischen matten Korallen: pelzige, graue Säulenformationen, ein hartes, blassgelbes Hirn, Pilze mit sanften Lamellen und einem steinigen Skelett. Jede Koralle ist eine Kolonie aus Polypen. Sie ziehen ihre Skelette aus dem Wasser, lassen sie über viele Generationen wachsen, werfen sie ab und übergeben sie dem großen Gemeinschaftsskelett, wenn sie sterben. Ich stoße mich mit meinen Schreitbeinen ab, diesen dünnen Stängeln, die beim

Schwimmen unter mir hängen und baumeln. Ein vielfältiger, organischer Geschmack aus Futter und Gefahr macht mich euphorisch. Wir wandern über den zusammengewachsenen Kalkstein, mit kreisenden Augen halten wir Ausschau nach Höhlen mit Weichtieren, die plötzlich mit ihren Tentakeln hervorschießen können.

Schließlich erreichen wir die Reinigungsstation. Ginger und Bill stellen sich auf den Vorsprung zwischen den beiden kupferroten Steinkorallen, flashen violette Streifen über ihren Rücken und wiegen ihre Fühler von einer Seite zur anderen. Die Kluft zwischen den Korallen ist blass, sie leiden unter dem sauren Wasser, nur hin und wieder treten matte Farben hervor. Zwei große, aalähnliche Fische schwimmen herbei und legen sich mit geöffnetem Mund vor Ginger und Bill in Position, die sich bei dem einen ans Werk machen. Der andere Fisch wirkt etwas nervös, also streicheln Jia und ich ihn ein bisschen mit unseren Fühlern, bevor wir sein Zahnfleisch und die Zähne reinigen. Mit unseren vorderen Schreitbeinen kratzen wir die Essensreste heraus und fressen, was gut schmeckt. Dann treiben wir ein bisschen auf dem Rücken umher, Jia legt seine Schreitbeine um meinen Nacken, und ich sehe hinauf in das dunkle Gewölbe über uns, das von Zähnen gepunktet ist. Hier ist es warm und sicher, im Mund der Fische bedroht uns nichts. Zwischendurch klappen die Kiefer zu, und das Licht verschwindet, aber wir gelangen unversehrt hinaus und setzen unsere Reinigung draußen fort. Wir schnuppern und schmecken uns vor zum toten Gewebe und zu den Parasiten zwischen den Schuppen.

Etwas später, als wir gerade dabei sind, ein paar schmierige Kiemen zu putzen, spüre ich ein drückendes, kalkartiges Gefühl in meinem eigenen Fleisch, eine beginnende Steifheit, die

sich in Rücken und Hinterleib nach unten ausbreitet. Ein Gefühl von etwas Wichtigem, das am Strand passieren wird. Mein
Skelett weicht auf, das Licht schwindet. Es flackert durchs Wasser; schwache, schräge Strahlen, die mich nicht richtig erreichen.

Als wir uns umgezogen hatten, Skelette auf Schwänzen gerif-
felt und kribbelnd in Wirbelsäulen auf sandigem Grund, trugen wir Eimer mit lebendem Wasser an den Strand. Schwarzer
Himmel und der Sand erleuchtet vom rötlichen Schein der
Liegestühle, sie hatten die Sonnenstrahlen in ihrem Raster auf-
gefangen. Wir gruben eine kreisförmige Wanne in den Sand,
etwas größer als der Durchmesser eines Sonnenschirms, und
füllten sie mit lebendem Wasser: schwach orange, dickflüssig,
durchzogen von milchigen, geäderten Eiern. Es dampfte in der
kühlen Luft. Rings um die Wanne pflanzten wir vier Sonnenschirme kopfüber in den Sand, bohrten sie in die dickflüssigen Schichten hinein. Die Stiele, die eine Handbreit herausragen, schmierten wir mit Nachsonne ein, ehe wir uns darüber
hockten. Wir warfen einen Liegestuhl in die Wanne und sangen:

*Nach der Sonne, nach der Sonne / stehen die Dinge neben
sich / stumm, nutzlos, freigelassen / ins unbekannte Leben, nach
dem wir fragen / Warum frisst der Geier zuerst die Augen? /
Welche Seiten an dir sahen wir nicht / Liegestuhl, Nachsonne,
Para-sol / holt das Beste heraus aus dem, was da ist / nach der
Sonne, nach der Sonne …*

Jetzt dämmert es: ein schwacher Schein von Himmelblau,
der sich verbindet mit dem Schatten der Erde, dem dunklen
Himmel. Es ist die Erde, die der Sonne eine neue Seite zuwen-
det, langsam jedoch, widerstrebend, zweifelnd. Der Morgen ist
noch nicht gekommen. Meine Augen können die Füße im Sand

und die Rücken vor mir nicht voneinander trennen, können den Sand nicht trennen vom Wasser vom Himmel. Oder was auch immer für eine Landschaft links von uns liegt. Wir lauschen dem Meer und gehen Richtung Norden. Ich und Jia und Ginger und Bill und viele andere Boys aus anderen Strandclubs, an denen wir auf unserem Weg vorbeigekommen sind. Wir tragen einen Liegestuhl, ein bisschen Nachsonne und einen Sonnenschirm, allerdings so, wie wir sie aus dem lebenden Wasser gezogen haben, ein bisschen neben sich. Wir erzählen einander, was am Strand passierte:

Die Liegestühle versanken einige Zentimeter und wurden vom lebenden Wasser erfasst. Auf den Sonnenschirmstielen wippend, sangen wir stundenlang. Und als die Nachsonne und unsere Sekrete versiegten, setzte der Schmerz ein, und das Blut lief. Das Wasser wurde wärmer, die Oberfläche perlte. Ich konnte meine eigene Stimme nicht mehr trennen von den Arschlöchern der anderen von dem Loch tiefer in uns durch das der Schmerz und das fremde Blut liefen durch die hohlen Sonnenschirmstile liefen und den Sand unter der Wanne aufweichten. Eine Lache aus Farbe verwirbelte vor unseren Knien.

*Para-sol, Para-sol / leuchtender Trichter in meinem Mund / meinem Darm, meiner Erde / holt das Nächste heraus, aus dem was da ist / den Dingen ohne Sonne, im Haus ohne Herr / wird das, was da war, zu nichts / in Para-sol, Para-sol …*

»Horcht mal«, sagt plötzlich einer, der weiter vorn läuft, und alle halten inne und lauschen. Vom Meer kommend, durch das Wasser und auf den Strand wogend, dringt ein anhaltendes Tuten wie von einem Nebelhorn, mischt sich mit einem tiefen Grunzen, und dazwischen ertönt ein noch tieferes, ansteigendes »B-ba-ba-ba-ba-ba …« »Das sind die Fische, die die Morgendämmerung heraufbeschwören«, erklärt ein anderer. »Sie sehen das Licht schon früher, weil sie in der Tiefe sind, ganz unten.«

Das Wasser leuchtete und änderte seine Farbe von Blutrot zu Lila zu Orange mit weißen Bändern. Ein schleimiger Nebel in den gleichen Farben stieg daraus auf und verdichtete sich zu einer vagen Liegestuhlform mit einem Adernetz. Im Dampf ringsherum blitzten für eine Sekunde durchsichtige Bilder auf und verschwammen wieder: Leichen von Touristen sinken zusammen mit Quallen und Krabben durch die Hotelbetten, werden zersetzt und zu einer zähen, dunkelbraunen Flüssigkeit vermengt ... fließen durch das Skelett des Hotels die Treppe hinunter und erstarren auf allen Etagen zu vollendeten Formen: Shampooflaschen, Föhns, Ventilatoren ... am Strand eine Höhle aus Liegestühlen. Glühend rot von der Wärme eines Feuers oder der Wärme im Erdinneren ... Der Besitzer des Clubs sitzt in einem versteckten Raum über der Rezeption und sieht alles, was am Strand passiert. Aus seinem Nacken kommt ein dickes Kabel, durch das unsere Bewegungen in Licht umgewandelt und auf Tausende weiße Gesichter mit Schweißperlen auf Oberlippen projiziert werden ...

Jetzt wird der Horizont sichtbar, das Meer ist ein bisschen grauer als der Himmel. Das blaue Licht, das sich in der Atmosphäre verteilt, streckt seine Tentakel zu uns herab und bringt die Konturen der Dinge für uns zum Vorschein: Einzelne Bäume und Büsche in einer knorrigen Landschaft, vielleicht ein paar Klippen. Schemen von den Beinen, Schultern und Hinterköpfen derer, die vor uns laufen. Ich habe Hunger, aber keine Lust, etwas zu essen in diesem Licht, das die Sterne nicht versteckt. Es dämmert. Ein Morgen vor dem Morgen, eine Nacht vor der Nacht. Es ist die Zeit der Fische und Eidechsen, und der Wildkatzen, sie halten sich dicht am Boden, rascheln in Sand und Büschen.

Wir warfen eine Flasche Nachsonne in die Wanne und sangen. Sie erhob sich aus dem schleimigen Nebel, schwebte dort atmend: spuckte ihren Inhalt in kleinen Spritzern aus und fand ihre Form wieder. Im Wasser zerfloss die Lotion zu gekräuselten Bildern: Leute in der Wüste locken die Sonne mit Hilfe von Creme in große Bassins … Eidechsen und Sukkulenten und kriechende Menschen graben sich durch Erdschichten in die Tiefe … eine Choreographie auf einem öffentlichen Platz. Ein großes Kind steht in der Mitte einer Formation aus älteren, erfahreneren Tänzern, beobachtet deren Bewegungen und imitiert sie, ein wenig aus dem Takt … tritt vor, wagt sich nervös und mit vollem Einsatz in jeden Tanzschritt hinein, tritt zurück und wartet vollkommen ungerührt auf den nächsten. In den dazwischenliegenden Takten gleicht das Kind einem Rest seiner selbst, einem Potential, das noch unbeeinflusst ist vom Versuch, die neuen Sitten auf dem Planeten zu lernen, wo es gelandet ist.

Wir gehen am Meer entlang, über Felsen und Sand, vorbei an Andeutungen kleiner Fischerdörfer, verfallenen Hotels und Badebrücken, großen Parabolantennen, die vom Meer angefressen wurden. So sieht es jedenfalls aus im vorsichtigen Licht, das jetzt auch in der Erde dämmert, orange und staubig. Es sickert empor, an manchen Stellen mehr als an anderen, schleicht über den Sand und die Sterne und findet sich selbst. Es sticht einem nicht ins Auge, denn nur *in* dem Licht kann man sehen, und in diesem Licht zu sehen ist eher so, als würde man essen. Es lässt die Dinge nicht verschwinden. Sie bleiben in ihrer Kontur wie ein Versprechen ihrer selbst und ein Versprechen von etwas, das kommen wird. Meine Lippen sind kalt und rissig, meine Muskeln schmerzen. Aber tiefer in meinem Inneren, ganz unten im Bauch und dicht an der Wirbelsäule, spüre ich etwas, das anders wehtut. Es hat sich im Strandclub in mir angesammelt, während der Aufnahmen, unter der Sonne. Jetzt dämmert es: ein schwaches, orangefarbenes Licht in meinem Arschloch, genau wie es auch in den anderen Boys und in den Dingen dämmert und uns alle in einem Netz verbindet, das noch im Dunkeln liegt. Eines Tages wird es zu etwas führen.

Wir warfen einen Sonnenschirm in die Wanne und sangen. Ein schleimiger Nebel stieg daraus auf und verdichtete sich in einem langen, hohlen Stiel und einem Schirm mit flackernden Bildern: Feuer, das sich im Club ausbreitet, über Handtücher und Sonnenschirme, vom Himmel aus betrachtet ein flammendes Raster … mit einem riesengroßen Tuch halten wir den Rauch in Schach und lassen ihn in unterschiedlichen Abständen hervorquellen, neblige Morsezeichen … ein niedriger, kriechender Wald, in dem sich die Bäume zu Boden biegen und krümmen, ihre Laubkronen in die Erde drücken … in der Dämmerung klappen sich die Sonnenschirme zu Trichtern um, die das Regenwasser auffangen und in große Becken mit Krebstieren und Tang leiten … im Wasser ein sattes, orangefarbenes Licht. Es wird in Rinnen zwischen den Bäumen hindurchgeführt und erleuchtet die ersten paar Meter über dem Boden … Die ganze Zeit konzentrierten wir uns darauf, die Worte zu *singen*, darauf, sie nur zu singen, um sie in unserem Mund zu hören, und auf die Weise Raum zu schaffen für ihre Feuchtigkeit, ihre Härte, ihre flackernde Ausbreitung: *Para-sol, Para-sol*, so lautete unser Gebet: die Sendung von Schallwellen auf der richtigen Frequenz, Wellen, die das lebende Wasser in Schwingungen versetzte. Und wenn das Ding aufstieg und im schleimigen Nebel über der Wanne schwebte, versuchten wir auf eine Weise zu singen, die mit ihm mitschwingen konnte.

Als das Wort das Ding ergriff, nahm das Ding das Wort zu sich und zog es mit einem Platschen ins Wasser hinab.

Der Himmel geht über in ein dunkleres Blau mit schwarzen Rändern, der Strand führt in einem rötlichen Bogen nach Westen. Wir folgen seiner Linie und erreichen eine Landspitze, von der aus wir in beiden Richtungen über das Meer schauen können. Es läuft über vor Para-sol, die das Blaue am Himmel zurückdrängt. Das Gelb am Horizont verblasst. Zu allen Seiten lodert die Erde in einem milden, orangefarbenen Licht auf, das im schwarzen Morgen ihre Krümmung andeutet. »Kommt, wir gehen an Land.«

Eine Reihe von Künstlern hat mich bei der Arbeit an diesem Buch inspiriert, einige ihrer Sätze und Bilder verbergen sich unter meinen – Clarice Lispector, Simone Weil, Lars Norén, Eileen Myles, der Apostel Paulus, Chris Marker, William Burroughs, Roberto Bolaño.

Ich danke allen, die sich für dieses Buch interessiert und es gelesen haben, während ich es schrieb. Mein besonderer Dank gilt: Rolf Sparre, Andreas Amdy, Anita Beikpour, Stinne Eika Rasmussen, Pejk Malinovski und dem Verlag Basilisk.

*»Ein fein komponierter, psychologisch scharfsinniger und subtiler Roman einer seelischen Entblößung.«*

Ian McEwan

Übersetzt von Rainer Kersten
112 Seiten. Gebunden

Mindestens 500 Beiträge pro Tag, maximal 7 Minuten Pause, beim Gang aufs Klo läuft die Stoppuhr – die Arbeitsbedingungen bei HEXA sind hart. Aber Kayleigh gefällt der neue Job, das Gehalt ist gut, und die schrecklich verstörenden Bilder, die sie für die Plattform prüfen muss, behandelt sie mit professioneller Distanz. Bis ihre Kollegen plötzlich zusammenbrechen oder Verschwörungstheorien anhängen.
»Dieser Beitrag wurde entfernt« ist ein faszinierender, aufwühlender Roman darüber, wer oder was bestimmt, wie wir die Welt sehen, in der wir heute leben.

HANSER BERLIN

hanser-literaturverlage.de